Álvaro Mutis

Triptychon von Wasser und Land

Zu diesem Buch

Gaviero Maqroll blickt zurück auf etliche Seereisen, verschlungene Wege, Abenteuer und Weggefährten, die ihre Spuren in seinem Leben hinterlassen haben. Seine größte Herausforderung begegnet ihm jedoch nicht auf den Planken eines Schiffes, sondern in einem französischem Dorf in der Gestalt eines Kindes. Als sein langjähriger Freund und Schicksalsgenosse Abdul Bashur tödlich verunglückt, muss er plötzlich als Vaterersatz für dessen fünfjährigen Sohn einspringen. Die Gesellschaft des unschuldigen Kindes eröffnet ihm eine ganz neue Sicht auf eine Welt, die er doch so gut zu kennen glaubte.

Der Autor

Álvaro Mutis (1923–2013) verbrachte einen Teil seiner Kindheit in Brüssel, kehrte jedoch jedes Jahr nach Kolumbien zurück. Das Land ist die Inspirationsquelle seines Schreibens. Seit 1956 lebte der Autor in Mexiko. 2001 wurde er mit dem Premio Cervantes geehrt, 2002 mit dem Neustadt-Literaturpreis.

Der Übersetzer

Peter Schwaar (*1947) studierte Germanistik und Musikwissenschaft, war Redakteur und ist seit 1987 freiberuflich tätig als Übersetzer u. a. von Tomás Eloy Martínez, Carlos Ruiz Zafón, Zoé Valdés und Adolfo Bioy Casares.

Mehr über den Autor und sein Werk auf *www.unionsverlag.com*

Álvaro Mutis

Triptychon von Wasser und Land

Die Abenteuer und Irrfahrten des Gaviero Maqroll

Aus dem Spanischen
von Peter Schwaar

Unionsverlag

Die Originalausgabe erschien 1993 bei Editorial Norma, Kolumbien.
Die Übersetzung aus dem Spanischen wurde unterstützt durch die Gesellschaft zur Förderung der Literatur aus Afrika, Asien und Lateinamerika e. V. in Zusammenarbeit mit der Kulturstiftung PRO HELVETIA.

Ein Band im Zyklus der Maqroll-Romane: *Der Schnee des Admirals, Ilona kommt mit dem Regen, Ein schönes Sterben, Die letzte Fahrt des Tramp Steamer, Das Gold von Amirbar, Abdul Bashur und die Schiffe seiner Träume, Triptychon von Wasser und Land.*

Im Internet
Aktuelle Informationen, Dokumente und Materialien
zu Álvaro Mutis und diesem Buch
www.unionsverlag.com

Unionsverlag Taschenbuch 859

Originaltitel: Tríptico de mar y tierra

Neptunstrasse 20, CH-8032 Zürich
Telefon +41 44 283 20 00
mail@unionsverlag.ch

Die erste Ausgabe dieses Werks im Unionsverlag erschien 2005
Reihengestaltung: Heinz Unternährer
Umschlagfoto: NASA (Unsplash)
Umschlaggestaltung: Peter Löffelholz
Satz: Greiner & Reichel, Köln
Druck und Bindung: CPI – Clausen & Bosse, Leck
ISBN 978-3-293-20859-9

Der Unionsverlag wird vom Bundesamt für Kultur mit einem Verlagsförderungs-Strukturbeitrag für die Jahre 2016–2020 unterstützt.

Auch als E-Book erhältlich

Hier sind drei Erfahrungen im Leben Maqrolls des Gaviero vereint, die ihm, jede auf ihre Art und zu ihrer Zeit, bis dahin unbekannte Bereiche seiner Seele gezeigt haben, deren Entdeckung ihn bis ans Ende seiner Tage prägte. Er pflegte nicht oft darüber zu sprechen, und wenn er es tat, dann auf behutsame Art, um sich nicht noch einmal gänzlich auf die Schwierigkeiten einlassen zu müssen, die er im entsprechenden Moment zu überwinden hatte. Er spielte mit kryptischen Sätzen auf sie an, deren häufigster lautete: »Ich habe mich am Rand von Abgründen bewegt, gegen die der Tod ein Marionettenspaziergang ist.« Nur mit viel Mühe haben wir aus dem Mund unseres Freundes oder von Leuten, die er gern hatte, erfahren, worin diese Ecken bestanden, um die zu biegen ihn das Schicksal gezwungen hat.

Treffen in Bergen

Günlük işlerdenmiş gibi ölüm.
[Als wäre der Tod etwas Alltägliches.]
Ilhan Berk

Dass mir das gerade in Brighton passieren musste, hätte jeder, der das populäre Seebad in Sussex kennt, für natürlich und vorhersehbar gehalten. Brighton, dieser Ort, wo die Londoner mitten in einer düsteren Ansammlung viktorianischer und edwardianischer Bauten, die alle Fieberfantasien übertreffen, unbeirrt das Meer genießen; der Ort, wo es selbst das bescheidenste aller Pubs fertig bringt, uns genau den Whisky vorzusetzen, den wir nicht wollten, und wo uns die Frauen in den Straßen und auf der trostlosen Mole, an die das eisig-graue Meer brandet, eine lange Liste von Zärtlichkeiten feilhalten, die in der Stunde der Wahrheit zur homöopathisch beschleunigten Version dessen werden, was ein Anglikaner unter Lust versteht; kurzum, in Brighton, wo wir eigentlich schon bei der Ankunft wissen, dass wir hier nichts verloren haben, in Brighton also musste ich in einer schäbigen Pension drei Tage das Bett hüten. Bei all dem Durchfall und Ekel hätte ich beinahe den Geist aufgegeben.

Ich war hergekommen, um mich mit Sverre Jensen zu treffen, meinem alten Freund und Partner auf den Fischzügen in Alaska und vor der Küste Britisch-Kolumbiens.

Er wiederum war hier mit einem Reeder verabredet, der wegen eines schweren Herzleidens in den Ruhestand getreten war und uns ab und zu beim Chartern eines Fischkutters für unsere Arbeit entgegenkam. In dem Moment, als ich in London den Zug bestieg, wurde mir klar, dass einige Bissen des Seeigelgerichts, das ich kurz zuvor in einem thailändischen Restaurant unweit des Strand verzehrt hatte, ihre Frische zu einem guten Teil eingebüßt haben mussten. In meiner Ungewissheit bestellte ich als kaum sehr probates Gegengift eine Flasche portugiesischen Weißwein, der sich als ebenso dubios erwies wie die Seeigel. Die ersten Krämpfe machten sich noch vor der Ankunft in Brighton bemerkbar. Ich ermannte mich und ging zum Haus unseres Reeders, doch auf mein Klingeln antwortete niemand. Das Haus schien verlassen zu sein. Sämtliche Gelenke schmerzten mich, und mein Kopf war zu einer Art Glocke geworden, wo in unerbittlichem Rhythmus Hammerschläge dröhnten, die mich beinahe blendeten und mir den Atem benahmen. Ein Taxi brachte mich zu der Pension, die mir Jensen empfohlen hatte. Sie lag in einem dunklen Gässchen mit dem wenig ermutigenden Namen Monkeyhead Lane. Die Besitzerin, eine füllige Italienerin mit einem Schatten von beginnendem Schnurrbart, legte mir das Anmeldeformular zum Ausfüllen vor und gab mir dann den Schlüssel zu einem Zimmer im vierten Stock des Hauses. Jede Stufe wurde mir zur nicht enden wollenden Qual. Kurz darauf brachte mir die Matrone einen bitteren Aufguss mit dem schillernden Glanz eines Öls herauf, das ich nicht zu identifizieren versuchte. Die Autorität der Frau, der ich bereits von meiner Vergiftung mit den Londoner Seeigeln erzählt hatte, ließ keine Widerrede zu, sodass ich das Gesöff schluckte, so gut ich eben konnte. Die Behandlung dauerte drei Tage, in denen ich die teuflische Medizin als einzige Nahrung zu mir nahm. Als ich wieder aufstehen und ein wenig herumgehen konnte, war ich bereits geheilt, fühlte mich indessen wie ein Neunzigjähriger, der die letzten Monate seines Lebens noch zu nutzen versucht.

In Brighton kannte ich niemanden. Vor Jahren waren wir in einer dieser Ilona-Anwandlungen, die sie ›*l'appel de mon sang slave*‹ zu nennen pflegte, in Brighton gelandet, um hier einige Sommerwochen zu verbringen. Ich weiß nicht, welche Vorstellung sich meine früh verstorbene Freundin von den Wundern dieses Orts gemacht hatte – jedenfalls beschlossen wir, nachdem wir uns zwei Wochen lang in einem unerträglich nach englischer Küche stinkenden Zimmer geliebt hatten, nach Triest zu fahren und uns bei einer Kusine von Ilona einzuquartieren, die uns empfing, als kämen wir eben vom unwirtlichsten Ort der Erde. Als ich unserer Gastgeberin von dem Gestank erzählte, dem unser Brightoner Zimmer ausgesetzt gewesen war, bemerkte Ilona: »Das mit der englischen Küche ist eine Behauptung des Gaviero. Dort roch es nach dem, was die Pikten aßen, und vermutlich haben ihre Nachfahren keine großen Fortschritte gemacht.«

Das war meine einzige Erinnerung an das berühmte englische Seebad und auch meine einzige, keineswegs angenehme Erfahrung dort.

Als ich noch am ganzen Körper das Gefühl hatte, gnadenlos zusammengeschlagen worden zu sein, beschloss ich, zu dem walisischen Reeder zurückzugehen, der auf den Namen Glanmor Conway hörte. Diesmal öffnete mir ein einstudiert schüchtern aussehendes junges Mädchen, eine der typischen Engländerinnen mit durchsichtiger

Haut und von etwas kraftloser Erscheinung, die in ihrem Innern jedoch über eine grenzenlose Energie und das vollständigste Arsenal von Listen verfügen, um sich im Leben durchzuschlagen. All das, ich wiederhole es, geschützt durch einen naiven Ausdruck, der denjenigen leicht täuscht, der mit dieser Spezies nicht vertraut ist. Ich nannte ihr meinen Namen und erklärte dann, ich hätte eine Verabredung mit Mister Conway. Das junge Mädchen bat mich herein und führte mich in einen Raum, der das Büro des Hausherrn sein musste. Sie deutete auf einen Stuhl und bat mich, Platz zu nehmen, während sie sich in dem Sessel niederließ, der hinter dem Schreibtisch stand und offensichtlich zum ausschließlichen Gebrauch des Reeders bestimmt war. Ich musste angesichts der mir seltsam erscheinenden Dreistigkeit ein überraschtes Gesicht machen, denn Cathy – so hatte sie sich mir vorgestellt, als ich ihr meinen Namen nannte – erklärte, während sie mit ihren kaum wahrnehmbar blauen Augen in eine den geborenen Simulanten eigene Ferne starrte: »Glanmor ist ein Onkel zweiten Grades meiner Mutter, und nach ihrem Tod brachte er mich hierher, damit ich bei ihm leben konnte. Ich habe keine weiteren Angehörigen. Mein Vater ist beim Schiffbruch der *Lady Ann* umgekommen, an den Sie sich sicherlich erinnern.«

Dunkel entsann ich mich noch des Untergangs dieses alten Trampschiffs, das Conway gehört und Schiffbruch erlitten hatte, als es bei der Einfahrt in den Hafen des dänischen Århus auf eine Mine auffuhr. Das war, nebenbei bemerkt, fast zwanzig Jahre her.

Dann teilte mir Cathy mit, die Anweisung, die sie von Glanmor habe, sei die, sowohl Sverre Jensen als auch mich bis zu seiner Rückkehr in seinem Haus aufzunehmen. Er habe einige Tage wegfahren müssen, um in Bristol eine geschäftliche Angelegenheit zu regeln. Ich kannte Conway von früher, und trotz seiner sprichwörtlichen Herzlichkeit erschien mir das Angebot, in seinem Haus zu wohnen, etwas ungewöhnlich. Aber ich beschloss, es anzunehmen, denn meine Mittel waren ziemlich erschöpft, und die Italienerin mit dem Damenbart wirkte nicht wie jemand, der Verzüge bei der Bezahlung der Zimmermiete langmütig hinnahm. Ich fragte Cathy, ob sie etwas von meinem norwegischen Freund gehört habe, und sie verneinte, doch Glanmor habe ihr gesagt, er werde etwa gleichzeitig mit mir eintreffen. Ich erklärte ihr, ich nähme die Einladung ihres Onkels gerne an und sei in Kürze mit meinen Siebensachen zurück. Sie lächelte halb sittsam, halb verschlagen, was mich mit einer unbestimmten Unruhe erfüllte.

Als ich, meinen Seesack über der Schulter, von der Pension zurückkam, führte mich Cathy in eine Mansarde, zu der man über einige steile Stiegen gelangte, die mich außer Atem brachten. Wir betraten ein geräumiges Zimmer mit zwei Betten, jedes unter einem Dachfenster, einem großen Schrank und einem Haufen Ferngläser, Kompasse und unmöglich zu bestimmender nautischer Gegenstände, die einem bei jedem Schritt im Weg standen. Das Badezimmer befand sich am Ende des schmalen Korridors, der den ganzen Dachboden durchmaß. Cathy zeigte mir ebenfalls ihr Schlafzimmer, das neben dem Bad lag. Sie tat dies ohne besonderen Ausdruck, als handle es sich um eine Routineinformation. Dass die Nichte zuoberst im Haus wohnte und gleichzeitig den Schreibtischsessel ihres Onkels benutzte, um sich mit Unbekannten zu unterhalten, konnte ich im ersten Augenblick nicht in Einklang bringen. Ich ging wieder in meine Mansarde, legte die drei, vier Bücher, die ich immer bei mir habe, auf den Nachttisch und verwahrte den Sack mit den Kleidern in dem großen Schrank, der ächzte wie ein müdes Tier. Cathy verschwand wortlos, und ich hörte sie auch nicht die Treppe hinuntergehen. Nun war mir klar, warum mir beim ersten Mal niemand geöffnet hatte. Das junge Mädchen musste in ihrem Zimmer gewesen sein, und dort hörte man die Türklingel sicher nicht. Alles erschien mir ungewöhnlich, aber da ich wusste, dass uns bei Engländern nichts überraschen darf, beschloss ich, mich aufs Bett zu legen und eine Weile auszuruhen. Die Strapazen des Umzugs hatten mich erschöpft, und es zeigte sich, dass die Rekonvaleszenz nach meiner Vergiftung länger dauerte als vorausgesehen.

Den restlichen Tag verbrachte ich in meinem Zimmer. Zweimal kam Cathy mit einer Tasse Tee und Toasts herauf. Das war das Einzige, was ich schlucken konnte, ohne dass die Übelkeit zurückkam, die nur langsam verschwinden wollte. So bekam ich einige Einblicke in Glanmor Conways Leben, nicht alle erbaulich übrigens und einige eher düster. Als Cathy zu ihrem entfernten Verwandten kam, war sie noch nicht einmal ein Teenager. Conway beschäftigte sie als Dienstmädchen für einfache Verrichtungen, die eine alte Magd aus Wales überwachte, welche kaum Englisch sprach. Als Cathy zur Frau heranwuchs, schickte der Mann die Alte in ihr in den Bergen von Radnor verlorenes Kaff zurück und holte das junge Mädchen zu sich ins Bett, während er ihr zugleich sämtliche Obliegenheiten im Haus aufbürdete. Er war schon über siebzig und zutiefst misstrauisch. Nie ließ er Cathy aus dem Haus, außer zum Einkaufen im Lebensmittelladen an der Ecke, und die Zeit, die sie für solche Besorgungen brauchte, kontrollierte er peinlich genau. Anscheinend hatte er dann nach und nach seine Beziehung zu ihr aufgegeben, und jetzt beschäftigte er sie nur noch als Dienstmädchen.

Zwei Tage nach meiner Ankunft im Haus des Reeders erschien eines Abends Cathy in ein Laken gehüllt, schlüpfte neben mich und überschüttete mich mit Liebkosungen. Wir verbrachten die Nacht zusammen, und das junge Mädchen erwies sich als sehr viel naiver, als ich angenommen hatte, obwohl sie bei jeder Umarmung in eine Art Trance geriet, bei der kaum zu erkennen war, ob sie sie nur vortäuschte oder wirklich erlebte. Mir war vollkommen klar, dass ich auf diese Weise meine an sich schon heikle Lage noch komplizierter machte. Sowie Sverre Jensen eintraf, fühlte ich mich sehr erleichtert. Ich erzählte ihm alles, was vorgefallen war, und er schaute mich mit dem Ausdruck größten Befremdens an. Als ich mit meiner Geschichte zu Ende war, sagte er in seiner sprichwörtlichen Kürze nur: »Bei alledem passt irgendetwas nicht zu dem, was ich von Conway weiß. Wenn er zurückkommt, werden wir ja sehen, wie sich das klärt. Wichtig ist, dass er uns bald das Schiff zur Verfügung stellt – in einigen Wochen beginnt die Thunfischsaison. Im Moment würde ich Ihnen nur raten, Maqroll, die Finger von dieser Cathy zu lassen.«

Bevor ich fortfahre, ist es wohl angebracht, den Leser darüber zu unterrichten, wer mein guter Freund Sverre Jensen denn war, dieser alte Seebär, mit dem ich im Nordpazifik auf Fischfang war und dessen Herzensgüte mit einer übergroßen Scham einherging, mit der er sie zu verstecken wusste. Wir hatten uns im Gefängnis von Kitimat in Britisch-Kolumbien kennen gelernt, in dem ich gelandet war, weil man mich des Ehebruchs mit einer jungen Indianerin angeklagt hatte, die mit einem besessenen Polen zusammenlebte, welcher zu meinem Ankläger wurde und mich umzubringen drohte. Jensen wiederum war da, weil er bei einer Wirtshauskeilerei eingegriffen hatte, bei der zwei Portugiesen erstochen wurden, von denen keiner wusste, woher sie kamen. Das Messer, mit dem sie erdolcht wurden, gehörte Sverre, doch der versicherte, es sei ihm zu Beginn des Streits aus der Scheide an seinem Gürtel gezogen worden. Zwei Monate teilten wir dieselbe Zelle und trotzten einer Kälte, die uns frühmorgens erstarren und beinahe zu Eiszapfen gefrieren ließ. Während dieser Zeit hatten wir Gelegenheit, unsere Erlebnisse auszutauschen, und bei vielen deckten sich Orte und Umstände so merkwürdig, dass wir uns oft erstaunt fragten, warum wir uns nicht schon eher begegnet waren. Sverres Unschuld konnte dank der unbedachten Äußerung eines Schwarzen aus South Carolina bewiesen werden, der im Vollrausch in einer Kneipe ausposaunte, wie er die Portugiesen umgebracht hatte, die einen Pakt mit dem Teufel geschlossen und mit Schwarzen gehandelt hätten, welche sie unter falschen Versprechungen eines Jobs in Amerika aus Angola herausgeschafft hätten. Danach entdeckte man, dass der Mann nicht richtig im Kopf war und die Morde in einem Anfall geistiger Umnachtung begangen hatte. Ich kam mehr oder weniger in denselben Tagen frei, nachdem der gekränkte Warschauer seine Klage zurückgezogen hatte. Jensen und ich taten uns zusammen. Zuerst wurden wir auf verschiedenen Fischdampfern als einfache Netzeinholer angeheuert, und danach waren wir die Herren unseres eigenen Zweimasters, den wir dank einer bescheidenen Erbschaft anschaffen konnten, die Sverre nach dem Tod eines allein stehenden Bruders, Friedensrichter in Bergen, zufiel. Ich ergänzte die fehlende Summe mit dem, was ich in der Netzeinholerzeit auf die hohe Kante gelegt hatte, Ersparnisse, zu denen Jensen mich genötigt hatte, da er wusste, dass ich kaum oder gar nicht an die Zukunft dachte. Doch das ist nicht der Augenblick, zu erzählen, was Sverre und ich in den gemeinsam verbrachten Jahren durchmachten, in denen wir uns auf das riskante Unterfangen einließen, vom Fischfang zu leben. Die Gelegenheit wird kommen, das nachzuholen.

Sverre hatte sich kein bisschen verändert, obwohl so viele Jahre vergangen waren. Er gehörte zu der Art Skandinavier, die von der Lebensmitte an bei einer Statur verharren, die sie bis zum letzten Tag begleitet. Sein korpulenter, kräftiger Riesenleib schien aus Teilen anderer Körper derselben Rasse, aber unterschiedlicher Proportionen zusammengesetzt. Auch das lange, knochige Gesicht zeigte diese Disharmonie, die nur die stets lächelnden Augen und ein in keinem seiner einzelnen Züge zu findender gütiger Ausdruck vergessen ließen. Wortkarg im täglichen Umgang, war er auch zu rabiaten, Furcht erregenden Stimmungswechseln fähig. Nicht ein handfester Grund entfesselte solchen Zorn, sondern eher eine gewisse willkürliche Ungerechtigkeit vonseiten seiner Mitmenschen. Einmal sah ich ihn mit einem Fausthieb einen Tisch zertrümmern, als wäre er aus Papier, nachdem ein Kneipenwirt in Antwerpen eine der Kellnerinnen verprügelt hatte, weil sie ein Tablett mit Bierkrügen hatte fallen lassen. Sieben Riesen der Hafenpolizei brachten ihn nach einem Kampf, in dem er drei von ihnen spitalreif schlug, endlich unter Kontrolle.

Als ich Jensen von dem Empfang erzählte, den mir Cathy bereitet hatte, reagierte mein Freund misstrauisch und warnte mich, wie bereits gesagt, vor der Nichte des Walisers. Als dieser nach mehreren Tagen noch immer kein Lebenszeichen gegeben hatte, beschlossen wir, bei Cathy zu bohren, wo sich der Reeder wirklich befand. Ihre Antworten waren beunruhigend vage, sodass Jensen auf eigene Faust nachzuforschen beschloss. Um die Dinge vollends zu komplizieren, versuchte das junge Mädchen eines Abends, bei Jensen ebenso unbefangen ins Bett zu schlüpfen wie zuvor bei mir. Er warf sie hochkant hinaus. Allmählich begann er ihre Absichten zu durchschauen. Die Tage verstrichen, und unser Geld ging zur Neige, als Jensen durch einen unerhörten Zufall zwischen den Seiten einer Bibel, in der er als guter Protestant ab und zu las, einen mit Bleistift beschriebenen Zettel fand. Es handelte sich um eine fast unleserliche Adresse in Portsmouth und eine fünfstellige Zahl, in der man eine Telefonnummer dieser Stadt vermuten durfte. Wir beschlossen, von dem Pub aus, das wir täglich aufsuchten, anzurufen, und es antwortete Glanmor Conway höchstpersönlich. Unsere Überraschung hielt sich in Grenzen, da wir hinter dem uns von Cathy aufgetischten Märchen von Bristol so etwas vermutet hatten. Was wir von Conway erfuhren, zeigte uns endgültig, welch verrückter Lüge wir aufgesessen waren, zunächst ich und ohne jede mögliche Entschuldigung. Das Haus in Brighton war zum Verkauf ausgeschrieben, und Conway hatte seine angebliche Verwandte dort gelassen, um den Leuten des Maklerbüros bei den Besichtigungen zu helfen. Er hatte bei Cathy für uns die Nachricht hinterlassen, wir sollten uns mit ihm in Verbindung setzen, da er sein Geschäft endgültig aufzulösen beschlossen und die noch auf seinen Namen eingetragenen Schiffe verkauft hatte. In keinem Moment hatte er die

Anweisung gegeben, uns in seinem Haus unterzubringen, dessen Benutzung und Verwaltung selbstverständlich Sache des Immobilienmaklerbüros war. Es tat ihm sehr Leid, dass wir diesem Streich zum Opfer gefallen waren, und er warnte uns eindringlichst vor Cathys Betrügereien. Natürlich mussten wir sofort von dort weg, wenn wir keine Schwierigkeiten mit den Grundstücksmaklern wollten, die unsere Anwesenheit als Hausfriedensbruch verstehen würden.

Bevor wir zu Conways Haus zurückgingen, beschlossen wir, dort auf der Stelle auszuziehen, ohne Cathy irgendwelche Erklärungen abzugeben. Das junge Mädchen sah uns unsere Sachen zusammenpacken, machte aber keinerlei Bemerkung dazu. Erst als wir die Treppe hinunterstiegen, rief sie mit hysterischem Lachen vom Dachboden: »Was für zwei Schwachköpfe! Hier hättet ihr so lange wohnen können, wir ihr wollt, ohne einen Penny zu zahlen! Ihr habt nichts kapiert.«

Wir gingen wieder in die Pension der Italienerin, die bereit war, Sverre auf dem ausrangierten Sofa in dem Zimmer schlafen zu lassen, das ich vorher bewohnt hatte, und uns dafür nur ein paar Shilling zusätzlich verrechnete. Ihr einziger Kommentar lautete: »Ich bezweifle, dass er dort Platz hat. Einen so großen Menschen hab ich noch nie gesehen.«

Jensen schaute mich wieder an, als fragte er sich, ob plötzlich alle Frauen, die uns derzeit über den Weg liefen, nicht mehr ganz richtig im Kopf waren. Ich zuckte die Schultern und schlug ihm vor, unser Kapital abzuschätzen, da ich befürchtete, beide zusammen hätten wir nicht genügend Geld, um uns noch lange über Wasser zu halten. Die Bilanz war zutreffend. Wenn wir einmal am Tag aßen und auf den gräulichen Scotch der Brightoner Pubs verzichteten, reichte unser Geld höchstens noch für zwei Wochen. Da das bei mir immer so gewesen ist, seit ich denken kann, machte ich mir keine allzu großen Sorgen. Jensen, gemäßigter, ernsthafter Nordländer, geriet in eine Panik, die er umsonst zu verbergen versuchte.

»Und was nun, Maqroll? Vom alten Conway hätten wir das Schiff chartern können, und er hätte uns etwas Geld vorgestreckt. Damit habe ich gerechnet, um weiterzukommen. Ich muss gestehen, ich habe keine Idee.« Seine Stimme war schleppend und spiegelte eine Mutlosigkeit, die im Augenblick unwillkommener nicht hätte sein können.

»Zuallererst«, sagte ich und legte in meine Worte eine Begeisterung, die nicht wirklich überzeugend klang, »müssen wir diese schreckliche Stadt verlassen – sie ist es, die uns diese ganzen Widerwärtigkeiten beschert hat. Ihre viktorianischen Häuser samt der Bewohner können gar nicht anders, als das Unglück anzuziehen. Und wissen Sie, warum? Weil man sie gegenüber dem Meer erbaut hat, und das ist ein Affront, den die Götter nicht verzeihen. All diese bleichen, gierigen Gesichter der Leute, die durch die Straßen von Brighton schleichen, bloß um den Londoner Überdruss zu vergessen, geben uns zu verstehen, dass wir uns in einem Land der Toten befinden. Merken Sie nicht, dass alles hier nur Schein ist und ebendarum wieder wirklich wird? Nichts als der Tod, der über den großen bunten Glasgewölben wacht, über den verbogenen Eisenstücken, die vergangene Epochen zu wiederholen versuchen, und den Herden von Schafsköpfen, die nicht wissen, wozu sie hergekommen sind. Gehen wir weg von hier, mit dem Geld, das wir noch haben – egal, wohin, aber gehen wir.«

Seit Langem war Sverre meine Phobien und Verwünschungen gewohnt, und er war einverstanden, unverzüglich die Flucht zu ergreifen. Tatsächlich bestiegen wir am nächsten Tag einen Frachter nach Saint-Malo, auf dem man uns erlaubte, unsere Hängematten in einer Kabine neben dem Maschinenraum aufzuhängen, mitten in einem Höllenlärm und einem Dieselgestank, der einem den Appetit benahm. Von mir kann ich nur sagen, dass ich mich wie im Paradies fühlte, als wir uns von diesem unheimlichen Albtraum entfernten, Zufluchtsort einer *›middle class‹*, die ebenso verhungert wie die Ärmsten, dabei aber eine fingierte Würde bewahrt. Die Überfahrt dauerte zwei Tage und zwei Nächte, denn wir mussten Cherbourg anlaufen, um irgendeine Fracht zu löschen. Ich bin mit jeder denkbaren Art von Schiff gefahren, aber nie hatte ich die Wogen an Bord eines ähnlichen Kastens gepflügt wie der *Pamela Lansing*, ein Name, der einzig dazu diente, das Elend ihrer grotesken Erscheinung noch zu vergrößern. Wie uns ihr Kapitän, ein Ire, der aussah, als wäre er im letzten Moment vor dem Galgen errettet worden, gestand, hatte das Schiff im Ersten Weltkrieg Truppen nach Gelibolu transportiert. Damit war alles gesagt.

Als wir in Saint-Malo an Land gingen, hallte das höllische Geknatter von Maschinen und Rumpfblechen der *Pamela Lansing* in unseren Ohren noch nach. Außerdem entdeckte ich in diesen Tagen und Nächten, dass über dem Schicksal meines guten Sverre ein düsterer Schatten lag. Ich werde zu schildern versuchen, wie ich ohne explizite Worte meines Freundes zu dieser traurigen Gewissheit kam. Schon bei unserem Wiedersehen in Brighton hatte ich hinter seiner herzlichen Begrüßung eine Müdigkeit wahrgenommen, eine Gleichgültigkeit gegenüber den Geschäften und Arbeiten, die zuvor seinen ganzen zurückhaltenden Enthusiasmus beansprucht hatten. Andererseits war der Grund für diesen Zustand offensichtlich kein körperlicher; Sverre strotzte vor Gesundheit und Kraft wie ehedem. Die Ursache lag in einem Winkel seiner Seele, dem eine giftige Substanz entströmte, die ihn nach und nach von den Dingen dieser Welt entfernte. Im Wissen, dass sich seine religiösen Überzeugungen darauf beschränkten, gewohnheitsmäßig einige Gebote seines protestantischen Glaubens zu erfüllen, schrieb ich seinen Zustand nicht irgendwelchen Gewissensproblemen zu. Mehrmals versuchte ich mit größter Diskretion, mich zu dem Thema, das mich beschäftigte, vorzutasten, doch Jensen ging jedem Bekenntnis aus dem Weg. Seine Frau war vor vielen Jahren an einer Krebskrankheit gestorben, die sehr qualvoll gewesen war, ohne dass ihr je eine Klage über die Lippen gekommen wäre. Sverre stand ihr mit ergreifender Liebe und Hingabe bei. Sie hatten keine Kinder, und der Norweger kehrte zu seinen langen Fischzügen zurück. An eine erneute Heirat dachte er nicht. Ich wusste aber, dass er in einigen Häfen Freundinnen hatte, mit denen er zwar nicht gerade eine Liebesbeziehung, aber doch ein Verhältnis vergnügter Herzlichkeit unterhielt, immer so weit fröhlich, als es ihm sein skandinavisches Phlegma gestattete. Es war charakteristisch für seinen besonderen Sinn für Humor, dass er alle anders nannte, als sie hießen. Beispielsweise erinnere ich mich an eine Florence, die er hartnäckig Rosalie nannte und von der er behauptete, sie stamme aus Grenoble, wo sie doch aus Seattle war und kein Wort Französisch sprach. Und eine Schwarze aus Martinique, die ihn aufs Äußerste verwöhnte, sich mit ihm sehr amüsierte und sein Kommen jeweils mit tausend Liebesbekundungen beging, nannte er immer wieder Yukio San, was ein doppelter Unsinn war, denn in diesem Fall war auch die Anrede ›*San*‹ unzulässig.

Eine weitere Konstante im Charakter meines Freundes war das, was man sein Abkommen mit Gott nennen könnte. Er war kein Mann regelmäßiger oder eingewurzelter religiöser Gepflogenheiten, aber immer wenn man in seiner Gegenwart das höchste Wesen anrief, sei es während eines riskanten Manövers auf dem Meer, sei es bei einem Geschäft, das sich aus irgendeinem Grund verzögerte, machte Sverre eine Handbewegung, als wollte er etwas ganz Heikles, neben ihm Stehendes abwehren, und wiederholte jedes Mal denselben Satz: »Den lassen wir jetzt mal aus dem Spiel. Der hat schon genug andere Probleme am Hals.« Es fiel mir auf, dass er das mit größter Gelassenheit sagte und nicht, um einen amüsanten Satz anzubringen. Er sprach im selben Ton, wie wenn er gesagt hätte: Drossle den linken Motor, oder: Man darf die Winde nicht so forcieren. Seht ihr denn nicht, dass sie überhitzt ist? Bemerkenswert erschien mir immer, dass es, soweit ich mich entsinne, niemand wagte, Sverre zu widersprechen, wenn er Gott von täglichen Arbeiten ausschloss, oder ihm mit einem Argument der elementarsten Theologie zu antworten.

Ich könnte jetzt viele weitere merkwürdige Aspekte der Persönlichkeit meines langjährigen Kameraden zur Sprache bringen, aber es wird im Verlauf dieser Geschichte hoffentlich noch die Gelegenheit geben, einige davon zu erwähnen. Im Moment bleibt mir nur zu sagen, dass er einer der reinlichsten Menschen war, was die Pflege seiner Person betraf, und dass er bei allen Arbeiten des

Seemannsberufs seine Kleidung tadellos zu halten wusste. Sie war immer schlicht und in keiner Weise ausgefallen. Wenn wir in eine Hafenstadt kamen und einiges aus unserer Garderobe erneuert werden musste, suchte er sich in den auf Seemannskleidung spezialisierten Geschäften unter den vielen vom Verkäufer vorgelegten Stücken umständlich ein Hemd oder eine Hose aus. Das Ergebnis des langen Auswahlprozesses war immer elegant in Farbe und Schnitt, aber nie auf äußere Wirkung bedacht. Als er in Brighton eintraf, fiel mir daher als Erstes auf, dass seine Kleidung zwar nicht gerade vernachlässigt war, aber doch einen Mangel an der Achtsamkeit zeigte, die Sverre, den ich in gefühlvollen Momenten den ›Beau de la Régence‹ nannte, ihr sonst zu schenken pflegte.

Anfänglich maß ich dem keine allzu große Bedeutung bei, aber auf der Fahrt zur bretonischen Küste konnte ich feststellen, dass diese Gleichgültigkeit Hand in Hand ging mit bestimmten Gedanken von verschwommener Ferne, die er im unerwartetsten Moment äußerte, einem allmählichen Rückzug von den Dingen dieser Welt, Gedanken, die mich mit immer größerer Sorge erfüllten. Ich erinnere mich genau an eines dieser Gespräche, vielleicht das erste, das in mir die Alarmglocke läuten ließ. Wir sprachen von unseren Fischzügen im Alexanderarchipel und davon, wie wenig Profit wir nach all den zahllosen Nöten herausgeschlagen hatten und nachdem wir im Kampf gegen das Eis einen Dieselmotor verbrannt hatten.

»Wir werden«, sagte ich zum Trost, »zu einer günstigeren Zeit wiederkommen. In dieser Gegend ist der Fang ergiebig, das wissen wir von früher.«

»Ich glaube nicht, dass ich zu den Alexanderinseln noch sonst wohin zurückfahre, wo ich noch einmal erleben muss, was wir damals durchgemacht haben«, antwortete Sverre mit einer Bestimmtheit, die meine Neugier weckte.

»Na schön, ob zu den Alexanderinseln oder in eine weniger mühselige Gegend. Man soll sich schließlich nicht zu Tode schuften, um dann kaum die Ausgaben wieder hereinzukriegen«, fügte ich hinzu.

»So braucht man sich nicht umzubringen. Ich meine nicht das. Sterben ist ein Pakt, den wir mit uns selbst schließen. Wichtig ist, zu wissen, wann und wie er sich erfüllt, und sicher zu sein, dass es eine Reise ohne Zurück ist.« Sverre sprach ganz gelassen, beinahe gleichgültig. Aber es lag auf der Hand, dass wir nicht mehr von unseren Fischzügen redeten, sondern dass das Gespräch eine andere Richtung eingeschlagen hatte.

»Seltsam, was Sie da sagen«, bemerkte ich. »Den Pakt habe ich schon lange geschlossen, aber ich glaube nicht, dass es sich lohnt, darüber zu reden. Wenn man solche Dinge ausspricht, bekommen sie einen melodramatischen Beigeschmack.«

»Da haben Sie Recht, aber ich glaube schon, dass es einen Moment gibt, wo die Ehrlichkeit gebietet, denjenigen, die uns wichtig sind, mitzuteilen, dass die Zeit gekommen ist, von der Bühne abzutreten.«

»In diesem Punkt bin ich völlig einverstanden, Sverre. Es geht weniger darum, sich zu verabschieden, als ehrlich darauf aufmerksam zu machen, dass mit uns nicht mehr zu rechnen ist. Aber ich weiß nicht, warum wir davon reden«, betonte ich, um festzustellen, wie weit mein Freund zu gehen bereit war.

Er dachte einen Augenblick nach und schaute mich dann wieder mit seinen blauen, fast bleifarbenen Augen an, die in diesem Moment alle Transparenz verloren hatten. Es war ein Blick, mit dem er offensichtlich mehr sagen wollte, als seine Worte ausdrückten.

»Wenn ich im Leben mit jemandem darüber sprechen muss, dann mit Ihnen«, sagte er nur. »Vergessen wir das Ganze vorderhand, aber damit das klar ist: Sie sind der Einzige, der erfahren wird, wie und wann ich beschließe, mich von dieser Scheißwelt und ihren nicht weniger schmutzigen Bewohnern zu verabschieden.« Ohne ein weiteres Wort gab er sich der verzwickten Aufgabe hin, seine Pfeife zu stopfen, und schaute zur bretonischen Küste hinüber, die ihn immer ganz besonders verzauberte.

Nicht zum ersten Mal hörte ich Sverre so kategorisch über seine Artgenossen herziehen. Zwar neigte er nicht gerade zum Misstrauen, aber ebenso wenig zu raschen Freundschaften oder spontanen Schwärmereien. »Wir Menschen sind nicht das Beste, was es auf der Erde gibt«, sagte er einmal, als wir einem wunderbaren Labradorhund, der an Bord krank wurde, den Gnadenstoß geben mussten. Der Satz prägte sich mir ein als Warnung und Symptom. Aber wer daraus schließen wollte, der Norweger sei ein verbitterter Mensch gewesen, würde sich grundlegend irren. Er war nachsichtig und von unendlicher Geduld. Es war einfach so, dass ihn unsere Spezies als solche nicht im Geringsten interessierte und dass seine Sympathie für sie, so es sie überhaupt gab, der Vernunft und nie spontaner Menschenfreundlichkeit entsprang. Auf den Grund eines Menschen mit solchen Überzeugungen gelangt man wirklich nicht leicht, und nur dank des dauernden nahen Umgangs mit ihm konnte ich diese Extreme miteinander in Einklang bringen.

Als wir in Saint-Malo an Land gingen, merkten wir, dass wir kaum noch Geld hatten. Einige Tage widmeten wir der Arbeitssuche, ein außerordentlich schwieriges Unterfangen, da es uns an dem berühmten ›*permis de séjour*‹ mangelte, ohne den in Frankreich einen Lohn zu verdienen undenkbar ist. Als Erstem gelang es Sverre, die Behörden an der Nase herumzuführen und zu ein paar Francs zu kommen, um uns einigermaßen über Wasser zu halten, bis sich eine bessere Lösung fände. Er half auf den Piers ein norwegisches Schiff löschen, als gehörte er zur Besatzung, und später vertrat er nachts die Lastträger, die wegen Krankheit oder aus andern Gründen der Arbeit fernblieben. Ein Teil des Verdienstes wanderte natürlich in die Tasche des Vorarbeiters, der sich blind stellte. Wir hatten in einer Pension in der Rue de la Soif ein Zimmer gefunden, mitten im Lärm von Bars und Kneipen und den Streitereien, die sich die ganze Nacht mit Schreien und Flüchen in sämtlichen Sprachen der Erde ablösten. Tagsüber schlief Jensen, während ich diskret Cafés und billige Restaurants nach einem bekannten Gesicht abklapperte. Nie hätte ich geahnt, dass die Lösung, wenigstens eine vorübergehende, genau neben uns wartete. Zwei Türen weiter gab es einen Nachtklub, der die unvermeidlichen Stripteasenummern und eine von vier Uhr nachmittags bis acht Uhr abends währende Happy Hour verhieß. Ich weiß auch nicht, was mich dazu brachte, eines Nachmittags das eher schäbige Lokal mit dem kühnen Namen ›Floating Paradise‹ zu betreten. Ich ging zur Theke, um ein Bier zu bestellen, und sah mich unverhofft Leb Mason gegenüber. Wir hatten uns seit einer Ewigkeit nicht mehr getroffen. Das letzte Mal war in Tanger gewesen, in einer denkwürdigen Nacht, in der wir, unterstützt von einem grässlichen gepanschten Kognak, einen Mädchenhandel aufzuziehen planten – mit Frauen von den Karibikküsten, die die Bordelle Marokkos und Tunesiens hätten bestücken sollen. Am folgenden Tag forderten die Einwanderungsbehörden Leb ziemlich dringend auf, den Hafen zu verlassen, was er Hals über Kopf tun musste, ohne mich von seiner Abreise in Kenntnis setzen zu können. Später erfuhr ich, dass er in mindestens drei Ländern gesucht wurde wegen Vergehen, die vom Waffenschmuggel bis zur Fälschung von Geschäftsunterlagen zur Umgehung der Steuern reichten. Leb war belgischer Staatsangehöriger, Sohn eines seit Jahrhundertbeginn in Antwerpen ansässigen jüdischen Paars. Die einzige der vielen Episoden in seinem überstürzten Leben, die im Detail zu erzählen er sich weigerte, war seine Teilnahme am Kampf der Neozionisten um Jabotinski in Palästina. Ich kenne diese Geschichte gründlich und kann versichern, dass sie die ausgeklügeltste Erfindung übertrifft, die man sich vorstellen kann. Mason sprach von Jabotinski wie von einem persönlichen Freund. Zweifellos kannte er ihn, aber natürlich nicht so nah, wie er sich bei den seltenen Gelegenheiten brüstete, da er seine Erlebnisse als Terrorist in Haifa und andern Häfen des östlichen Mittelmeers erwähnte. Leb Masons Spuren weiterzuverfolgen, gäbe Material für ein dickes Buch ab, einen Katalog der gefährlichsten Manöver, um dem Gesetz ein Schnippchen zu schlagen und die Einfaltspinsel in allen fünf Kontinenten mitsamt ihren Meeren zu überlisten.

Im Lauf der Jahre begegneten wir uns mehrmals, aber nie ließen wir uns auf ein gemeinsames Geschäft ein. Leb hatte die besondere Fähigkeit, seine maßlosen Ziele mit Dynamit und schweren Waffen anzugehen, und das war nie meine Sache. Bei solchen Menschen gibt es eine Art Todeslust, eine unvernünftige Herausforderung ohne

Ausweg, die etwas Selbstzerstörerisches an sich hat. Auch wenn ich bei meinen Abenteuern mehr als einmal in Todesgefahr geriet, habe ich doch niemals Eile verspürt, in jenes Nichts einzugehen, das mich ohnehin an irgendeiner Ecke erwartet. Ich möchte es lieber dort lassen, an dieser Ecke, als es ständig zu provozieren und sein Erscheinen zu beschleunigen. Häufig trifft man bei Menschen wie Leb eine großmütige Seele und eine schon fast unangemessene Güte an. Aber wie bei ihnen ebenfalls oft der Fall, suchte sich Leb am Ende einen friedlichen Winkel, um seine Tage zu beschließen.

Auf Leb war ich in Martinique gestoßen, wo er im Laden eines gelähmten Hindus elektrische Apparate verkaufte. Der Hindu fuhr in einem Rollstuhl durchs ganze Geschäft und brummelte Anordnungen und Verweise, die den herkulischen ehemaligen Neozionistenkämpfer nie zu erschüttern vermochten. Dann traf ich ihn in einem Nest wieder, das unter dem leuchtenden Namen La Plata am Ufer eines großen, ins Karibische Meer mündenden Flusses dahinsiechte. Es bestand aus einer Hand voll Ekel erregender Häuser und einem unheimlichen Militärposten, wo ich tatsächlich fast draufgegangen wäre. Leb kam in einem Raddampfer, welcher das Landesinnere mit dem blühenden Hafen verband, der den ganzen Reichtum des Andenmassivs auffing. Von seinem martialischen Gehabe und dem festen Gang mit den weit ausholenden Söldnerschritten war nur noch ein von Fieber und Hunger verzehrter Haufen Knochen übrig. Einzig tief in seinen fast phosphoreszierend grünen Augen hatte er noch diesen tödlichen Glanz, die Glut derer, die zurückkehren, nachdem sie um sich herum den Tod gesät und Erlebnisse mit ihm gehabt haben, die sie für immer prägen. Auf dem

Schiff spülte er in der Kombüse Teller, und abends bediente er auf Deck die improvisierte Bar, an deren Theke er ungenießbaren Rum und einen Anisschnaps ausschenkte, der das Gehirn auflöste. Ich erzählte ihm, ich sei hier, um über den Transport einer mehr als dubiosen Ware mit Maultieren auf die Kordilleren zu verhandeln, und er warnte mich ganz klar: »Lassen Sie sich nicht darauf ein. Ich ahne, worum es geht, und das ist nicht Ihr Gebiet. Ich weiß, was ich Ihnen sage.«

Hätte ich auf ihn gehört, ich hätte nicht die Prüfungen durchmachen müssen, die mich erwarteten und für immer Angst in meinem Innern zurückließen.

Und nun traf ich hier in Saint-Malo gleich neben der Bude, die ich mit dem guten Sverre teilte, auf Leb Mason, hinter der Theke einer von schreienden Neonfarben erleuchteten Bar, mitten in einer unwahrscheinlichen Prozession von Flaschen, Gläsern und Farbfotos nackter Frauen in Posen, die hätten sinnlich sein sollen und doch nur komisch wirkten.

»Was zum Teufel machen denn Sie hier, Maqroll? Sicherlich sind Sie eben an Land gekommen. Ich habe einen guten Scotch für besondere Gäste. Reiner Maltwhisky. Ich schenke Ihnen gleich einen ein, um diese Begegnung zu feiern.«

Zu meiner Überraschung war der Whisky erstklassig, und ich genoss ihn, während wir uns unsere Abenteuer erzählten. Als er erfuhr, dass ich seit mehreren Wochen mit einem norwegischen Freund gleich nebenan wohnte, konnte er es nicht fassen. Ich schilderte ihm unser vergebliches Bemühen, in Brighton unsere Aktivitäten wieder aufzunehmen.

»In Brighton?«, fragte er erstaunt. »Das ist der letzte

Ort, auf dessen Asphalt den Fuß zu setzen ich Sie mir hätte vorstellen können.«

Von seinen Kindertagen in der Synagoge war ihm die oft blumige, gekünstelte Sprache geblieben, die sein Volk aus Sehnsucht nach dem Land bewahrt hat, wo Jehova es untergebracht hat. Beim zweiten Whisky erzählte ich ihm, dass ich völlig abgebrannt sei und keinerlei Aussichten hätte, Arbeit zu finden. Sogleich bot er mir Geld an, damit ich mich über Wasser halten konnte. Ich wollte es nicht annehmen und versuchte zunächst herauszufinden, wie seine Lage war und was er so trieb. Er berichtete in wenigen Sätzen. Er wohnte bei der Inhaberin des Lokals, einer in Nizza geborenen Jüdin, deren Mann im Kampf bei den internationalen Brigaden an der Front in Aragonien gefallen war. In seiner Jugend war Leb ein Freund von ihm gewesen; obwohl ihn die politischen Überzeugungen von ihm getrennt hatten, hegte er noch immer eine warme Sympathie für ihn. Die Witwe wusste sich im Leben durchzuschlagen und etwas Geld auf die Seite zu legen, sodass sie das ›Floating Paradise‹ mit allem Drum und Dran samt seinem unsäglichen Namen kaufen konnte. Hier war Leb aus einem dieser Zufälle gelandet, die gar keine sind, sondern zu dem weiten, verworrenen Netz von Wegen gehören, in dem wir seit je gefangen sind. Dann erklärte er mir, wie das Lokal funktionierte, in dem der – übrigens ziemlich improvisierte und primitive – Striptease nur ein Vorwand war, um Seeleute anzulocken, die in der ehrwürdigen bretonischen Hafenstadt auf der Durchreise waren, in dieser Wiege der fürchterlichsten Freibeuter. Im ›Floating Paradise‹ hatten die Besatzungen der größtenteils aus England und Holland kommenden Frachter die Möglichkeit, es sich gut gehen zu lassen, einen zu heben und mit einer mehr als aufmerksamen Frau ins Bett zu gehen. Natürlich war diese verpflichtet, einen Teil des Geldes in die Kasse des Nachtklubs abzuliefern.

Da kam eine üppige, fröhliche Frau herein, die trotz ihrer gut sechzig Jahre eine wahrhaft imponierende Grazie und Autorität ausstrahlte. Die schweren Lider und das großzügige Kinn verdeckten nicht ihren von einer mehrtausendjährigen Diaspora geerbten untrüglichen Instinkt, Situationen und Personen einzuschätzen. Leb stellte uns vor, und sogleich verspürten wir eine starke Sympathie füreinander. Sie hieß Denise, aber irgendetwas brachte mich zur Annahme, dass das nicht ihr richtiger Vorname war. Sie setzte sich auf einen Hocker neben mich und bat Leb, ihr dasselbe zu servieren wie mir.

»Bon«, sagte sie, während sie mich unverwandt und mit einer Neugier anschaute, die bei einer weniger imposanten Matrone kindlich gewirkt hätte, »da habe ich also endlich das Glück, den legendären Gaviero kennen zu lernen, von dem ich so viele Geschichten gehört habe.«

»Leb übertreibt«, sagte ich artig. »Verglichen mit seinem ist mein Leben eher friedlich und solide gewesen.«

»Wenn ich nur durch Leb von Ihnen wüsste, könnten wir uns vielleicht einigen. Aber ich habe aus andern Quellen von Ihnen gehört und glaube, euer beider Leben wäre durchaus vergleichbar, wenn man vom Dynamit und den Uzis absieht, die den da so manches Jahr um den Verstand gebracht haben.«

Offensichtlich wusste die Frau eine ganze Menge über mich, aber in diesem Augenblick war mir nicht danach, sie über ihre Informationsquellen zu befragen. Ich wollte mich auf die Gegenwart beschränken, die schon genug unsicher war, wenigstens in meinem Fall. Wieder brachte ich die Sprache auf Sverre Jensen und seine Arbeit auf den Piers.

»Das muss er noch heute aufgeben. Es ist sehr gefährlich«, sagte Denise in einem Ton, der an Deutlichkeit nichts zu wünschen übrig ließ. »Wir werden sehen, was wir mit ihm machen. Vorerst werden Sie abends mit Leb in der Bar arbeiten. Für ihn allein wird es etwas hart. Und wegen der Zimmermiete machen Sie sich keine Sorgen. Das Haus gehört mir, und die Zimmer sind dazu da ... Nun, Sie werden es bereits gemerkt haben.«

Tatsächlich war der Verkehr der Paare in der Nacht ziemlich offenkundig, aber ich hatte ihn nicht mit dem angrenzenden Nachtklub in Zusammenhang gebracht. Auch erinnerte ich mich, dass der Pförtner – ein neunzigjähriger Greis mit weißem Seehundsschnauzer, der sich immer auf einen Hirtenstock stützte, welcher dauernd zitterte, sodass man das Gefühl hatte, der Mann breche jeden Augenblick zusammen – mir gegenüber zweimal die Inhaberin des Hauses erwähnt hatte. So, wie er von ihr sprach, duldete sie keine Verzögerungen oder Ausflüchte bei der Bezahlung der Wochenmiete. Als ich das Denise sagte, antwortete sie ganz natürlich: »Ja, das ist mein Vater. Der wird hundert werden, es fehlt nur noch wenig. Aber er mag nicht ruhig zu Hause sitzen und vertreibt sich die Zeit damit, sich mit den Kunden abzugeben und ständig wegen irgendwas rumzustreiten. Das hält ihn auf dem Quivive.«

Ich dachte an die Überraschung, die Sverre erwartete, wenn er erwachte und zur Arbeit gehen wollte. Denise trug ihrem Vater persönlich auf, dem Gast von Nummer drei, wenn er herunterkäme, zu sagen, wir erwarteten ihn in der Bar nebenan, er solle unter keinen Umständen gehen, ohne bei uns vorbeizuschauen. Eine neue Flasche

Maltwhisky trat an die Stelle der schon leer getrunkenen, und zu dritt versuchten wir wieder, das Puzzle der Vergangenheit mit weiteren Teilen zu ergänzen.

Gegen acht Uhr abends erschien Jensen mit seinem Riesenkörper und dem knochigen Gesicht eines geprügelten Wikingers, aus dem der Schlaf nicht abziehen mochte. Ich stand bereits auf der andern Seite der Theke und begann die ersten Gäste zu bedienen. Leb flüsterte mir Anweisungen zum Standort der je und je passenden Gläser und der betreffenden Flaschen zu. Ganz offensichtlich waren einige von ihnen für besondere Kunden bestimmt. Denise blieb mit dem Rücken zu uns an der Theke sitzen und kontrollierte das Eintreffen der ersten Frauen, die sie mit leichtem Nicken begrüßten und sich dann an die Tische setzten, welche die Gewohnheit ihnen zugeteilt hatte. Sverre schaute mir zu, ohne die geringste Überraschung zu zeigen, sondern eher, als erlebte er etwas bereits Vorhergesehenes, das sich nun ganz natürlich erfüllte. Ich stellte ihn den Inhabern des Lokals vor und unterrichtete ihn in wenigen Worten über meine Beziehung zu Leb.

»Bevor ich auf die Mole gehe, möchte ich sehr gern mit Ihnen ein Glas von dem teilen, was Sie da trinken.« Er hatte an meinem Glas geschnuppert und bekundete uneingeschränkte Zustimmung.

»Sie werden auf gar keine Mole gehen, mein Lieber. Ich lade sie ein, hier zu bleiben, um die Flasche Maltwhisky zu leeren, die viele Monate auf Sie beide gewartet hat«, sagte Denise.

Darauf wusste Sverre keine Antwort, und erstaunt über so viel Autorität starrte er sie an.

»Und wer soll das Zimmer bezahlen, wenn ich nicht arbeite? Es sei denn, Maqroll verdiene hier hinter dem

Tresen so viel wie ich auf den Molen. Aber an solche Wunder glaube ich nicht.« Sverres Verwirrung machte seinem Phlegma zu schaffen.

Ich gab ihm ein Zeichen, dass wir uns schon noch unterhalten würden und dass er jetzt unserer Freundin gehorchen solle. Diese kam mir zu Hilfe und beendete die Diskussion: »Passen Sie auf, Jensen. Sie haben keine Ahnung, worauf Sie sich da einlassen, wenn Sie unter diesen Bedingungen auf den Molen arbeiten. Die Gewerkschaft hier kennt keine Skrupel, und eines Tages findet man Sie im Morgengrauen mit einem Haken in der Brust in der Bucht schwimmen.«

Sverre nahm Denise' Worte widerstandslos auf, sodass ich mich wunderte. Er genoss in langsamen Schlucken seinen Whisky und schenkte sich dann einen zweiten ein, ohne uns dabei auch nur anzuschauen. Wir schwiegen lange, und Denise stand auf, um zwei Mädchen etwas aufzutragen, die sich eben an einen Tisch in der Nähe des Eingangs gesetzt hatten. Leb schaute ab und zu verstohlen Sverre an und dann mich mit einem Gesicht, das eine gewisse Sympathie für das schweigsame Verhalten meines Freundes ausdrückte. Endlich blickte dieser wieder auf, als erwachte er aus einem tiefen Traum, und sagte mit dumpfer, aber fester Stimme: »All das habe ich seit Langem kommen sehen. Ich weiß es ja schon: Schluss mit unseren Fischexpeditionen im Nordpazifik, Schluss mit dem Meer und Schluss auch mit dem ewigen Kampf gegen die Elemente, die am Ende immer Recht behalten. Und wissen Sie was? Vor einer Weile ist mir auch klar geworden, dass mir diese Beschäftigung nie gefallen hat und dass das Meer ein eintöniger, zäher und grausamer Gegner ist, mit dem wir nie eine Beziehung hätten eingehen dürfen. Maqroll hat das sehr wohl begriffen, und deshalb begibt er sich ab und zu aufs Festland, und sei es nur, um die Versklavung zu wechseln und sich mit anderen Dämonen herumzuschlagen. Im Grunde ist es dasselbe, ich weiß, aber wenigstens muss er sich dann nicht vom immer gleichen Gegner fertig machen lassen, der uns stets den Rücken kehrt und für den wir höchstens ein verachtenswertes Stäubchen sind. Einstweilen bleibe ich hier. Und dann werden wir ja weitersehen. Aber nie wieder aufs Meer, haben Sie gehört, Maqroll? Nie wieder. Danke, Leb, und vielen Dank auch, Denise. Sie haben mir zwar nicht unbedingt die Augen geöffnet, die hatte ich schon offen, aber Sie haben mir die Szenerie erleuchtet. Jetzt habe ich klar gesehen. Zum Wohl.«

Er leerte das Glas, das er sich gerade eingeschenkt hatte, in einem Zug. Sein Gesicht zeigte nicht die geringste Spannung oder Unruhe. Er hatte die Gelassenheit erlangt, zu der seine Vorfahren nach ihren schrecklichen Streifzügen auf dem Kontinent zurückgekehrt sein mussten, und machte den Eindruck, als hätte er eine Ordnung entdeckt, die er nie wieder verlassen würde. In seinen Augen flackerte ab und zu ein Licht, das auf die gewaltigen Kräfte hindeutete, die nach Jahren erbitterter, vergeblicher Rebellion nun allmählich ihren Platz einnahmen.

Natürlich ging Sverre nicht wieder auf die Molen, sondern verbrachte den Tag weitgehend auf dem Rand der Stadtmauer sitzend, die den alten Teil umgibt, schaute aufs Meer hinaus und beobachtete jeden Abend das Ansteigen der Flut, als handle es sich um einen ganz neuartigen Vorgang, von dem sein Schicksal abhinge. Ich machte mir nicht die Mühe, ihm zu erklären, dass am Ende einer kleinen Halbinsel, auf einer Anhöhe, die beim

Eindunkeln wie eine Insel vom Festland getrennt war, einer der Schriftsteller begraben war, die mich am intensivsten begleitet haben: Chateaubriand. Ihm würde das nichts sagen, und sämtliche Zweifel und Ratlosigkeiten, stürmischen Überzeugungen und Leidenschaften des Vicomte hätten ihn kalt gelassen.

Am späten Abend gesellte er sich im ›Floating Paradise‹ zu uns und trank bedächtig mehrere Gläser Rum. Der Maltwhisky war bald zu Ende gegangen, und wir hatten zum Rum gewechselt, um die kargen Einnahmen von Leb und Denise nicht zu strapazieren. Leb interessierte sich sehr für Sverre und verfolgte seine Reaktionen mit einer Mischung aus Zuneigung und Ungeduld. Sie wurden gute Freunde, unterhielten sich aber kaum miteinander. Ich half weiterhin beim Ausschank an der Theke, spülte die Gläser und hielt das Eis und einige andere unentbehrliche Zutaten bereit, um die Cocktails zu mixen, die ab und zu ein Gast bestellte. Immer wenn ich dem Paar gegenüber darauf bestand, hinsichtlich unserer unmittelbaren Zukunft eine Entscheidung zu treffen, hießen mich die beiden einstimmig das Ganze vergessen und das Schicksal nicht herausfordern.

»Wegen des Zimmers machen Sie sich keine Sorgen«, sagte Denise. »Falls es einmal gebraucht wird, bitte ich Sie einfach um den Schlüssel, und es ist eine Weile besetzt, während Sie hier unten warten. Alles wird zur gegebenen Zeit kommen, es gibt keinen Grund zur Eile.«

Ich weiß nicht, ob ihr bewusst war, wie viel Vernunft in ihren Worten lag. Eines Abends, wenige Wochen nachdem er die Arbeit auf den Molen an den Nagel gehängt hatte, teilte uns Jensen mit: »Mit dem Geld, das mir noch bleibt, kann ich mir die Fahrt nach Bergen leisten. Ich werde das nächste Frachtschiff nehmen, das in dieser Richtung hier vorbeikommt. In Bergen steige ich im Matrosenheim ab. Von dort werde ich von mir hören lassen.« Langsam nippte er an seinem Rum weiter, den Blick in den Spiegeln verloren, in denen sich die wirre Sammlung bunter Flaschen verdoppelte.

Er hatte es so überzeugt verkündet, dass sich keiner von uns traute, irgendeinen Kommentar abzugeben. Denise ging davon und schüttelte den Kopf, um zu zeigen, dass sie sich wohl damit abfinden mussten, und setzte sich an einen Tisch, an dem zwei schlanke dunkle Mädchen warteten, die eben aus Äquatorialafrika eingetroffen waren. Leb und ich spülten mit automatischen Bewegungen die Gläser und schwiegen eine ganze Weile. Als Sverre gute Nacht wünschte, um schlafen zu gehen, bemerkte Leb leise: »Unserem Freund ist der Treibstoff ausgegangen. Ich meine damit, dass es für ihn keinen Grund mehr gibt, gegen den Strom zu schwimmen, was Sie und ich immer noch tun, weiß der Teufel, wie und warum. Ich habe in allen Winkeln dieser Erde den Globus in die Luft gesprengt und viele anonyme Leiber, die mir im Grunde gleichgültig waren, mit Blei durchlöchert. Ich weiß, wann einem der Sprit ausgeht und man so zu leben anfängt, als schwebte man über dem Abgrund. Sie und ich, wie machen trotzdem irgendwie weiter, als wäre nichts geschehen. Für andere ist es schlicht und ergreifend das Ende der Reise.«

Auf seine Worte, die unsere Situation und die Jensens sehr genau zusammenfassten, gab es nichts zu erwidern.

Wenige Tage später kam von der kantabrischen Küste her ein Frachter vorbei, der vor der Überquerung des Atlantiks Richtung Montreal Bergen anlaufen würde. Sverre verabschiedete sich von Leb und Denise mit einem wortlosen Händedruck. In der Tür des Etablissements schaute er sie noch einmal an und sagte mit breitem Lächeln und weit ausholender Abschiedsgeste: »Danke – danke für alles. Ich werde Sie nicht vergessen.«

Ich brachte ihn zum Schiff, und beim Fallreep angekommen, starrte er mich an, als sähe er mich zum ersten Mal, und umarmte mich herzlich. Er stotterte einige unverständliche Worte und stieg mit langsamen, fast majestätischen Schritten hinauf, ohne sich noch einmal umzudrehen. Ich sah, wie er sich mit seinem Seemannsrucksack am Rücken in einem der Gänge auf Deck verlor.

Ich lebte zwei Monate in Saint-Malo, ging Leb zur Hand und führte lange Gespräche mit Denise, deren bewährte Weisheit mich immer wieder bestürzte. Eines Abends, als ich die Bar verließ, um in einem kleinen Supermarkt, der die ganz Nacht geöffnet war, einige Flaschen Gin zu kaufen, brach im Nachtklub eine Rauferei zwischen Matrosen aus. Als ich zurückkam, war bereits die Polizei da gewesen und hatte die wildesten Streithähne mitgenommen. An der Theke lehnte Vincas Blekaitis und wischte sich mit einem Taschentuch das Blut ab, das ihm aus einer Wunde an der linken Wange rann. Ich trat zu ihm, um ihm behilflich zu sein, und als einzige Bemerkung fiel ihm ein: »Da sind Sie um etwas Unangenehmes herumgekommen, Gaviero. Es ist mir nicht gelungen, meine Leute zur Ordnung zu rufen, und drei von ihnen werden bestimmt eine Zeit lang im Gefängnis verschwinden. Es hat zwei Schwerverletzte gegeben. Und Sie, was zum Teufel treiben denn Sie hier?«

Vincas war bekanntlich Kapitän mehrerer Frachter, die Abdul Bashur und mir gehört hatten. Er war Litauer und hatte eine Seemannserfahrung, wie ich sie bei wenigen angetroffen habe. Ich setzte ihm meine Lage auseinander und stellte ihn Denise und Leb vor, die die Szene neugierig beobachteten. Denise führte ihn in ein kleines Büro hinter der Bar, um dort die Wunde zu versorgen. Der Litauer kam zurück und trank mehrere Gläser Wodka. Er kommandierte einen Frachter, der von Lissabon bis Hamburg Küstenhandel betrieb. Die Eigentümer waren portugiesische Reeder, die Vincas zwei Jahre zuvor angeheuert hatten und mit seinen Diensten sehr zufrieden waren.

Blekaitis lud mich ein, mit ihm an Bord zu kommen, und schlug mir dort eine Arbeit an seiner Seite ohne genau definierte Funktionen vor. Erfreut willigte ich ein und ging zurück, um mich von meinen Freunden zu verabschieden.

»Da Sie jedes Mal, wenn Sie nach Hamburg fahren, hier vorbeikommen, werden wir Sie immer wieder sehen. Ich versuche Sie nicht zu überreden, hier zu bleiben – das würde nichts nützen. Leben Sie wohl, und kommen Sie bald wieder.« Denise begleitete ihre Worte mit zwei schmatzenden Küssen auf die Wange, und Tränen standen ihr in den Augen. Leb legte mir die Hand auf die Schulter und begleitete mich zur Tür des Nachtklubs. Dort verabschiedete er sich mit einem dumpfen ›*Schalom lehitraot*‹ und kehrte ohne ein weiteres Wort in den Nachtklub zurück.

Die Jahre, die ich mit Blekaitis arbeitete, gingen unmittelbar meiner Niederlassung in Pollensa als Wächter einer stillgelegten Werft außerhalb des Hafens voraus. In meinen ersten Wochen mit Vincas brachte ich die Erinnerung an Sverre Jensen nicht aus dem Kopf. Die Freundschaft zu ihm war direkt und ausschließlich mit unserem Leben auf See verbunden. Diese Beziehung war sehr eng, immer herzlich und gründete sich auf wechselseitiges Verständnis für unsere oft gegensätzliche Art, das Leben und das Verhältnis zu unseren Nächsten zu begreifen. An Land begann sich unser Gespräch zu verwässern, ohne dass dadurch die Freundschaft in Mitleidenschaft gezogen wurde. Es war, als schlüge außerhalb des Meers jeder eine andere Richtung ein, wobei unsere Zuneigung intakt blieb und erneut aufblühte, sobald wir wieder gemeinsam auf See waren. In den langen Zeitabschnitten, die wir an Land verbrachten, pflegte sich Jensen in einen Hafen seines Vaterlandes zu flüchten, und ich machte mich auf meine gewohnten Streifzüge auf der Suche nach einem Vorwand, um die Wandersehnsucht zu befriedigen, die meine Tage kennzeichnet, seit ich mich erinnern kann.

Die Worte, mit denen sich Jensen in Saint-Malo verabschiedet hatte, hinterließen einen trostlosen, bitteren Nachgeschmack in mir, eine unheilvolle Vorahnung. Meine Ängste bestätigten sich bald. Noch waren keine sechs Monate vergangen, seit wir uns getrennt hatten, als unser Schiff in Saint-Malo anlegte, um am Motor einige Reparaturen vorzunehmen, die sein Leben etwas verlängern sollten. An Land ging ich als Erstes die Inhaber des ›Floating Paradise‹ begrüßen. Nachdem mich Denise mütterlich umarmt hatte, reichte mir Leb einen an mich adressierten Briefumschlag mit in Bergen abgestempelten norwegischen Marken. Sein ausdrucksloses, graues Gesicht verhieß nichts Gutes. Ich steckte den Brief in eine Jacketttasche, und Leb sagte mit tonloser Stimme: »Sie lesen ihn besser gleich jetzt. Gehen Sie ins Büro, dort haben Sie Ruhe und sind ungestört.«

Ich zog mich in den kleinen Raum zurück, den sie ihr Büro nannten. Sverres Brief war auf Englisch abgefasst, die Sprache, in der wir uns zu unterhalten pflegten. Ich erkannte seine saubere, schlichte Schrift, die er sich in den Schuljahren angeeignet und später nie abgelegt hatte. Ich gebe den Text hier wieder und bemühe mich, in der Übersetzung den knappen Stil beizubehalten, hinter dem sich ein unwiederbringlicher Abschied mit all seinem Schmerz verbarg. Er lautet folgendermaßen:

»Mein lieber Gaviero,
ich habe beschlossen, mir das Leben zu nehmen. Niemandem würde ich die Gründe für diesen Entschluss erklären, der übrigens, wie ich glaube, auch niemanden interessieren kann, gäbe es nicht Sie, den ich immer für meinen besten und – warum sollte ich es nicht akzeptieren? – meinen einzigen Freund gehalten habe. Der Selbstmord ist etwas, woran ich seit vielen Jahren gedacht habe. Schon in meiner Jugend spielte ich oft mit dem Gedanken. Ganz offensichtlich ist das Leben auf See, das Einzige, das ich mir überhaupt vorstellen konnte, für mich zu Ende. Wir haben unzählige Male darüber gesprochen. Sie haben die Fähigkeit, sich wenigstens eine Zeit lang ans Leben an Land zu gewöhnen. Obwohl es Sie dann immer wieder an die Küste zieht und Sie das erstbeste Schiff besteigen, das Sie aufnimmt. Das ist mir nie gelungen. An Land habe ich zu viel Zeit und werde von einem Überdruss gepackt, der mich schließlich lähmt. Aber das ist nicht der Hauptgrund für meinen Selbstmord. Auch wenn ich wieder die Möglichkeit hätte, zur See zu fahren, so hat sich in mir seit Langem etwas angestaut, was ich nicht besser definieren kann als einen Lebenswiderwillen – dass ich zwischen diesem und jenem auswählen muss, dass ich die Leute um mich herum von Dingen reden höre, die sie

im Grunde nicht interessieren oder die sie nicht wirklich kennen. Die Dummheit unserer Mitmenschen ist grenzenlos, mein lieber Gaviero. Wenn es nicht absurd klänge, würde ich Ihnen sagen, dass ich gehe, weil ich den Lärm der Lebenden nicht länger ertrage. Sie sind der Einzige, der versteht, was ich da sage. Wir haben nie über unsere Freundschaft gesprochen, unter anderem, weil ich glaube, dass wir uns seit unserer ersten gemeinsamen Reise – erinnern Sie sich noch an diese Fischerei in Feuerland, an unser katastrophales Ende in Puerto Aysén und an den Engländer, den Sie mit drei Schüssen umlegen mussten, weil er alles für sich behalten und uns nur gerade die Kleider lassen wollte, die wir auf dem Leibe trugen? – zu verständigen wussten, ohne auf Worte zurückgreifen zu müssen. Die Dinge, die uns wirklich etwas angehen und unser Schicksal bestimmen, sind nicht dazu da, dass man darüber spricht. Auch jetzt, bei meinem Abschied, werden Worte nicht viel nützen. Ein vorläufiger Abschied, denn ich weiß, dass Sie sich zu Lebzeiten ab und zu an den alten Sverre und die Gefahren, Ängste, Fehlschläge und flüchtigen Erfolge erinnern werden, die wir auf beinahe sämtlichen Weltmeeren geteilt haben. Wollen Sie wissen, wann ich gemerkt habe, dass das Kokettieren mit dem Selbstmord konkret und unabänderlich wurde? Eines Abends in Vancouver, in Cass Montagües Schenke, als wir uns, nachdem wir sämtliche Gläser auf der Theke und ich weiß nicht wie viele Stühle zerteppert und alle Gäste in die Flucht geschlagen hatten, einander gegenübersetzten, während sich Cass seine wenigen verbliebenen Haare raufte und überhaupt nicht kapierte, was geschehen war. Sie schauten mich an und sagten mit einem Ernst, den ich sehr gut kenne und den Sie sich für seltene Gelegenheiten und wenige Menschen aufheben: »Jensen, wenn wir konsequent wären mit dem, was wir in uns drin zu alledem empfinden, zum Leben also, dann müssten wir uns auf der Stelle eine Kugel durch den Kopf jagen. Aber es wird nicht so sein. Morgen werden wir wieder an Bord des Schiffs gehen und einen Thunfisch zu jagen suchen, der uns letztlich nichts bringt, denn solche Dinge kommen nicht auf diesem Weg ins Lot.« Und Sie schwiegen, bis die Polizei kam und man uns für vier Tage in Gewahrsam nahm. Die Anwälte fraßen alles weg, was wir mit dem letzten Fang verdient hatten. Ich war nicht so betrunken wie Sie, und diese Worte haben sich mir bis heute eingeprägt, da ich beschlossen habe, sie mir zu Eigen zu machen und zu gehen.

Es wäre albern, Ihnen irgendeine Verantwortung aufzubürden. Wenn ich Ihnen das erzähle, dann, weil ich schon lange bevor ich Ihre Bemerkung in Vancouver hörte, zuinnerst den Entschluss gefasst hatte, nur bis zu einer gewissen Grenze auszuharren, einer, für die nur noch der richtige Zeitpunkt kommen musste. Ich möchte Ihnen auch sagen, dass der, der mir die wenigen noch nicht handgreiflichen Gründe klar machte, die aber bereits in irgendeinem Winkel der Seele verborgen lagen und bereit waren, an die Oberfläche zu kommen, Ihr Freund Leb war. Er und ich haben nie darüber gesprochen, aber ich bin sicher, dass er vom ersten Augenblick an, da wir uns sahen, wusste, dass ich diesen Weg nehmen würde. Auch seine Frau Denise wusste es.

Nun denn, verflixter Maqroll, genug der Erklärungen. Ich gehe und danke dem Leben dafür, dass es mich auf Ihren Weg gesetzt hat. Das ist alles. Ziehen Sie weiterhin planlos durchs Leben. Ich weiß, dass Sie sich eine andere

Tür aussuchen werden, um es zu verlassen. Was für eine es auch sei, ich erwarte Sie auf der andern Seite, damit Sie mir erzählen, wie Ihr Abgang war. Mir bleibt nur noch diese einzige Neugier auf der Welt, die ich ohne Pein verlasse, aber auch, ohne mir auf der andern Seite irgendetwas zu erhoffen. Auf Wiedersehen, Gaviero, oder bis bald, wer weiß – es ist auch unwichtig.

Sverre

Ich las den Brief mehrmals durch und ging dann damit zu Leb und Denise zurück.

»Er hat sich umgebracht, nicht wahr?«, sagte Leb mit einer Gewissheit, die mich erstaunte.

»Woher wissen Sie das?«, fragte ich und reichte ihm den Brief, den er ungelesen an Denise weitergab.

»Seit er durch diese Tür gekommen ist, wusste ich, dass er es tun würde.«

»Das sagt er in dem Brief. Lesen Sie ihn selbst auch.«

»Ich werde es schon noch tun. Wissen Sie, was? Ich beneide Jensen. Ich werde seinem Beispiel zwar nie folgen, ich habe nie daran gedacht, es zu tun, so schwer die Prüfungen auch gewesen sein mochten, die ich durchgemacht habe. Aber ich beneide ihn. Es liegt etwas Sauberes, Klares in seiner Tat, das ich bewundere.«

Denise gab den Brief Leb, der ihn las und zum Zeichen des Einverständnisses mit Sverres Worten immer wieder nickte. Kommentarlos gab er ihn mir zurück. Ich trank den Wodka aus, den mir Denise eingeschenkt hatte, und verabschiedete mich von dem Paar.

Als ich schon in der Tür stand, rief Leb: »Maqroll!«

Ich wandte mich um.

»Nein, nichts«, sagte Leb. »Schlingern Sie weiter wie

ein Schiff ohne Kapitän. Das ist eine andere Art, das zu tun, was Jensen getan hat.«

»Ja, es ist dasselbe«, antwortete ich und trat ins nächtliche Labyrinth der Gässchen von Saint-Malo hinaus, Richtung Hafen, wo mich das Schiff erwartete, das am frühen Morgen in See stechen würde.

Wahrheitsgetreuer Bericht von den Begegnungen und Gleichklängen zwischen Maqroll dem Gaviero und dem Maler Alejandro Obregón

Wir haben nur die Zeit mitgebracht,
um zwischen Blitz und Wind zu leben.
Eugenio Montejo

Non, non, pas acquérir. Voyager pour
t'appauvrir. Voilà ce dont tu as besoin.
Henri Michaux

Im Gedenken an Micho, Michín und Orifiel und für Miruz und Mishka, die uns mit ihrem dunklen, tatkräftigen Wissen begleiten und beschützen.

Ich weilte in Madrid und genoss in der Bar des Hotels ›Wellington‹ einen trockenen Sherry – ein Ort, der mir immer gefallen hat und wo ich in besseren Zeiten jeweils abstieg, um in der Nähe des Retiro-Parks zu sein, dessen Fin-de-Siècle-Stille eine beruhigende Wirkung auf mich ausübt und Erinnerungen heraufbeschwört. Ich war in Gedanken versunken und entdeckte, wie dieses goldene

Madrider Spätnachmittagslicht alle Dinge umfloss, sodass alles gleichsam in der Luft zu schweben schien. Einmal mehr stellte ich fest, dass ich mich auf der ehemaligen Grenze von Al-Andalus befand.

Auf einmal umklammerte ein kräftiger Arm meinen Rücken, sodass ich kein Wort herausbrachte und mich wie in einem Schraubstock fühlte. Das Kitzeln eines großen Franz-Joseph-Schnurrbarts im Nacken verriet mir, wer der Angreifer war. »Was zum Teufel machst du denn hier?«, fragte er, während er mich losließ und ich mich umwandte, um meine Vermutung zu bestätigen. Es war Alejandro Obregón. »Ich wusste verdammt noch mal nicht, dass du in Madrid bist«, sagte er vorwurfsvoll, setzte sich zu mir und bestellte ebenfalls einen Sherry. Seine schieferblauen Augen erforschten mich mit der typischen Neugier unserer Malerfreunde, die an den andern entdecken wollen, dass die Zeit vergeht. Wir hatten uns seit fünf, sechs Jahren nicht mehr gesehen. Da war also Alejandro, massig, intensiv, und versuchte, in den ersten Momenten der Begegnung mit größtmöglicher Schamhaftigkeit seine Schüchternheit zu überwinden; dieser Zug war eines der konstantesten, rührendsten Kennzeichen unserer langjährigen Beziehung. Hinter Obregóns vielen Raubeinschichten verbargen sich, das sollte man wissen, die besten Manieren, die ich bei einem Menschen je angetroffen habe.

Kurz darauf kamen einige Freunde von Alejandro, unter ihnen auch der Torero Pepe Dominguín. Das Gespräch wurde allgemein, und unfehlbar fanden wir zum Tagesthema, dem Tod eines jungen Stierkämpfers auf der Höhe seines Ruhms, der eben in einem andalusischen Dorf vom Stier auf die Hörner genommen worden war.

Um Mitternacht wollten Alejandro und seine Frau nach Kolumbien abfliegen. Carmen und ich waren gerade angekommen und bereiteten unsere zweite Reise nach Galicien vor, um den Apostel Jakobus zu besuchen. Am Rande des unverbindlichen Gesprächs, wie es zwischen Leuten, die sich gerade kennen gelernt haben, normal ist, versuchten uns Alejandro und ich über unsere Angelegenheiten ins Bild zu setzen, in dem alten, immer wieder erneuerten gemeinsamen Strom von Erinnerungen, Erfahrungen und Gefühlen, der uns seit so vielen Jahren verbindet. Unmöglich. Das Stierkampfthema dominierte beharrlich. Auf einmal merkte ich an einem Wort, das Obregón in eine Gesprächspause fallen ließ, dass er mir etwas mitteilen wollte, was nichts mit dem Thema zu tun hatte. Diese Gewissheit wurde immer stärker. Schließlich standen wir fast gleichzeitig auf, baten die Anwesenden um Entschuldigung und setzten uns an einen andern Tisch. Ohne Umschweife erklärte Obregón: »Es ist schon erstaunlich – seit Wochen wollte ich unbedingt mit dir sprechen, und nie hätte ich gedacht, dass es so bald sein würde. Ich muss dir etwas erzählen, was dich sehr interessieren wird. So was Verrücktes kann nur uns passieren. Pass gut auf, die Geschichte ist lang, und du darfst nichts verpassen. Du wirst Bauklötzer staunen: Vor fast einem Jahr habe ich in Cartagena einen Bekannten von dir getroffen, einen unvergesslichen Typ, über den du Dinge geschrieben hast, die mir vorher merkwürdig erschienen, und jetzt glaube ich, du hast eher noch untertrieben. Du hast natürlich erraten, wen ich meine, ja? Es war Maqroll der Gaviero.«

Ich muss gestehen, dass mir bei all den möglichen Kombinationen des Zufalls, mit denen ich oft spekuliere, nie in den Sinn gekommen wäre, dass sich eine solche

Begegnung ereignen könnte. Aber jetzt, da Obregón mir davon erzählte, erschien sie mir auf einmal vollkommen logisch und vorhersehbar. Es erstaunte mich sogar, dass sie erst jetzt stattgefunden hatte. Auf einen Schlag zeigten sich mir in aller Deutlichkeit die vielen gemeinsamen Züge, die die beiden Persönlichkeiten verbanden, und zugleich die Abgründe, die sie trennten. All das sagte ich ihm hastig, während er mich forschend und zugleich lächelnd anschaute, mit diesem hellblauen Blick, der, wenn er ganz Aufmerksamkeit war, leicht ins Violette, Ferne spielte. Es blieben uns noch zwei gemeinsame Stunden, sodass wir, nicht eben höflich, unsere Kollegen am Nebentisch und unsere Frauen, die uns amüsiert und neugierig beobachteten, vergaßen und uns ganz in die Geschichte einer Begegnung versenkten, die in gewisser Hinsicht das Spiralmuster unseres Lebens vervollständigte. Die Episode mit Obregóns eigenen Worten zu erzählen hieße, sich in unwegsamen Wirrsalen von gewaltigen Kraftausdrücken, unentzifferbarem Gestammel und nebensächlichen Kommentaren verlieren, die in homerisches Gelächter mündeten. Ich nehme die Gefahr auf mich, dass die Geschichte viel von ihrer Farbigkeit und Würze verliert, und bescheide mich damit, sie so wiederzugeben, dass ihr der Leser zu folgen vermag.

Eines Tages fuhr Obregón nach Mitternacht ein befreundetes Paar, das bei ihm zu Gast gewesen war, in das Hotel, in dem die beiden in Cartagena logierten. An ein Taxi zu denken, war schlicht naiv, und der Mann hatte in seinen Toasts mit Tres-Esquinas-Rum jedes Maß verloren, sodass er sich kaum noch auf den Beinen halten konnte. Die Gattin, eine Panamaerin halb indischer, halb irischer Abkunft, hatte reichlich schlüpfrige Intimitäten aus ihrer

Vergangenheit als Revuegirl in Bremen erzählt. Alejandro verfrachtete sie in seinen Landrover, mit einer Geduld, wie sie nur seriöse Trinker mit Leuten haben, die es nicht sind, und setzte sie einigermaßen abgekühlt in der Hotelhalle ab. Auf der Rückfahrt sah er in einer schummerigen, wegen ihrer Nähe zum Prostituiertenviertel ziemlich übel beleumdeten Straße, wie zwei Männer einen dritten angriffen, der deutlich hinkte und sich mit der Unbeholfenheit des klar Benachteiligten wehrte. Alejandro stoppte den Landrover vor der Gruppe und richtete die Scheinwerfer auf sie. Er stieg aus, um den Mann von seinen Angreifern zu befreien, aber als diese sahen, dass da einer mit den mächtigen Bewegungen eines entfesselten Stiers und dem Gesicht eines k. u. k.-Offiziers über sie zu kommen drohte, ergriffen sie das Hasenpanier und verloren sich in der Dunkelheit der angrenzenden Gassen. Obregón half dem Mann in seinen Wagen und fragte ihn, ohne zu wissen, warum, auf Französisch nach der Adresse, an die er ihn bringen könne. Der andere antwortete in derselben Sprache und erklärte, er sei auf einem Tanker unterwegs, der jetzt an der Mole vor Anker liege, und sei beim Verlassen eines elenden Bordells von zwei Gaunern verfolgt worden, die ihm angeboten hätten, zu einem verdächtig vorteilhaften Kurs Dollars zu wechseln.

»Aber ich weiß nicht«, sagte er schließlich, »warum wir uns auf Französisch unterhalten. Ich spreche schon so lange Spanisch, dass es schon fast zu meiner eigenen Sprache geworden ist.« Dann schlug er Alejandro vor, irgendein Lokal zu suchen, um noch etwas zu trinken. Obregón erklärte, es sei nichts mehr geöffnet, und lud ihn zu sich ein. Dort könnten sie auf den Morgen warten, um diese Zeit sei es ohnehin unsinnig, ans Schlafen zu denken. Der andere nahm erfreut an und stellte sich mit einem seltsamen, unerklärlichen Lächeln vor: »Ich heiße Maqroll – Maqroll der Gaviero.«

Obregón starrte ihn an, als vermute er, der andere wolle ihn auf den Arm nehmen, doch der lächelte noch immer.

»Nun, ich kenne Sie«, antwortete Obregón schließlich. »Ihr Name ist mir vertraut. Ein alter Freund von mir hat einige Episoden aus Ihrem Leben in Büchern erzählt, die mit eher wenig Glück im Umlauf sind, mir aber Spaß bereiten.«

Obregón stellte sich seinerseits vor. Als er sagte, er sei Maler, zuckte Maqroll die Schultern, als wollte er damit sagen: Das hat mir gerade noch gefehlt. Er stieg mit einiger Mühe die steilen Treppen hinauf, die in den ersten Stock des alten Hauses in der Calle de la Factoría führen. »Ich leide noch an den Folgen eines Spinnenbisses, der mich fast das Bein gekostet hätte. Die Wunde war beinahe geschlossen, aber jetzt, da ich mich gegen diese Typen habe wehren müssen, hat sich wieder etwas geöffnet.«

Mit dem ersten Rum begann das Gespräch zwischen den beiden alten Abenteuerbären zu fließen, denen die Ecken und Kanten des Lebens und das alte Geschäft der menschlichen Zärtlichkeit so vertraut waren.

Alejandro erinnerte sich nicht mehr genau, welche verschlungenen Wege die Bekenntnisse nahmen, jedoch war ihm noch ganz gegenwärtig, dass ihm Maqroll auf einmal von den Katzen Istanbuls zu erzählen begann. Solidarisch mit dem Interesse seines Gastes und seit Langem selbst überzeugt vom geheimen Wissen dieser Tiere, hörte ihm Obregón mit der Aufmerksamkeit zu, die der Alkohol bei denen weckt, die mit ihm umzugehen und ihm ihre Bedingungen zu stellen wissen.

»Die Katzen von Istanbul«, erklärte der Gaviero, »haben ein absolutes Wissen. Sie kontrollieren das Leben der Stadt vollkommen, tun es aber so zurückhaltend und vorsichtig, dass die Bewohner es noch gar nicht gemerkt haben. Das muss von Konstantinopel und dem byzantinischen Reich herrühren. Ich werde Ihnen sagen, warum: Ich habe eingehend die Wege studiert, die die Katzen vom Hafen aus nehmen. Ohne je die Richtung zu ändern, folgen sie immer den ehemaligen Grenzen des kaiserlichen Palastes. Diese sind natürlich nicht mehr zu sehen, die Türken haben ja Häuser gebaut und Straßen angelegt, wo früher der heilige Raum der von Theotokos Gesalbten war. Aber die Katzen kennen diese Grenzen instinktiv und folgen ihnen jede Nacht und gehen dabei in den von den Ungläubigen errichteten Häusern ein und aus. Dann nehmen sie den Weg bis zum Ende des Goldenen Horns und ruhen sich eine Weile in den Ruinen des Palasts Blakernas aus. Im Morgengrauen kehren sie zum Hafen zurück, um die Schiffe zu zählen, die angekommen sind, und die Abfahrt der ablegenden zu kontrollieren. Nun, das Beunruhigende ist, dass, wenn Sie eine Katze aus einem andern Land mitbringen und sie im Hafen von Istanbul freilassen, sie noch in derselben Nacht ohne Zaudern den rituellen Weg zurücklegt. Das bedeutet, dass die Katzen der ganzen Welt in ihrem Gedächtnis die Pläne der erhabenen Stadt von Komnenos und Paleologos bewahren. Das habe ich noch niemandem anvertrauen mögen, weil der Schwachsinn der Leute unermesslich ist und es Geheimnisse gibt, deren teilhaftig zu werden, sie nicht verdienen. Aber meine Vertrautheit mit den Katzen Istanbuls geht noch weiter. Immer, wenn ich dorthin komme, erwarten mich einige alte Freunde der Katzenfamilie, und von dem Moment an, wo ich meinen Fuß an Land setze, folgen sie mir überallhin, bis ich wieder das Fallreep hinaufsteige. Zwei von ihnen hören auf Namen, die ich ihnen gegeben habe, Orifiel und Miruz. Es würde zu weit führen, Ihnen zu erzählen, was für Winkel diese beiden Freunde mir gezeigt haben, aber ich kann Ihnen sagen, dass jeder einzelne eng mit der Geschichte von Byzanz verbunden ist. Einige kann ich Ihnen nennen: der Ort, wo Andronikos Komnenos gefoltert wurde; der Ort, wo der letzte Kaiser, Konstantin IX. Paleologos, tot umgefallen ist, das Haus, wo Kaiserin Zoe von einem Sachsen besessen wurde, dem sie hatte die Augen ausstechen lassen; der Ort, wo die Mönche der Heiligen Dreieinigkeit die Lehre definierten, die nicht genannt wird, und sich gegenseitig die Zunge abschnitten, um das Geheimnis zu wahren; der Ort, wo Konstantin Kopronymos eine Nacht der Buße verbrachte, weil er unkeusches Verlangen nach dem Körper seiner Mutter gehabt hatte; der Ort, wo die germanischen Söldner den geheimen Schwur leisteten, der sie an ihre Götter band; der Ort, wo die erste venezianische Triere vor Anker ging, die die Beulenpest brachte … So könnte ich Ihnen viele andere Zufluchtsorte der geheimen Seele der Stadt aufzählen, die mir von meinen beiden Katzenfreunden gezeigt worden sind.«

Obregón verstand dieses Interesse des Gaviero an den Katzen wie kein Zweiter und erzählte ihm seinerseits einige der Wunder, die er in Cartagena erlebt hatte und bei denen gelegentlich in sein Atelier kommende Katzen die Hauptrolle gespielt hatten. Darunter die römische Katze, die tobsüchtig wurde an dem Tag, als der Maler einen Engel auf die Leinwand zu zeichnen begann, der dem Besucher den Rücken zuwandte, und dann diejenige, die seltsame Sprünge machte und Purzelbäume schlug, wenn man in ihrer Gegenwart den Namen des Erzbischof-Vizekönigs Caballero y Góngora nannte. Am Morgen war die Freundschaft zwischen den neuen Bekannten schon so eng geworden, als hätten sie sich bereits vor vielen Jahren getroffen. Maqroll machte einen Kaffee wie für einen Matrosen, den eine harte Wache erwartet, und sie tranken ihn langsam und ohne etwas von Belang zu sagen. Die Treppen hinabzusteigen, war noch beschwerlicher für den Gaviero als der Aufstieg. Sie verabschiedeten sich in der Tür. Maqroll wollte nicht, dass ihn Alejandro zum Hafen fuhr.

»Sie werden von mir hören«, sagte er zum Schluss. »Bevor das Schiff in See sticht, werde ich noch einmal vorbeikommen, damit wir etwas weiterplaudern können.« Und nach einem Taxi Ausschau haltend, hinkte er davon. Der Maler war versunken in die Betrachtung von Dingen, die den Menschen widerfahren, wenn sie es verstehen, dem schwierigen Gefüge einer wirklichen Freundschaft treu zu sein.

Hier unterbrach ich meinen Freund und sagte, die letzten Nachrichten, die ich von unserem gemeinsamen Gefährten hätte, seien nicht eben beruhigend. Er hatte sich auf irgendein wahnwitziges Abenteuer flussaufwärts eingelassen und am Ende sogar Schwierigkeiten mit der Armee bekommen, ein Konflikt, den er dank des willkommenen Eingreifens einer Botschaft des Nahen Ostens lösen konnte – und dank der Sympathie, die ihm ein Mitarbeiter des militärischen Nachrichtendienstes entgegenbrachte, der bereit war, Gras über den Fall wachsen zu lassen. Aber damit waren meine Überraschungen an diesem Abend in der ›Wellington‹-Bar noch nicht zu Ende.

Die Arme vor der Brust verschränkend, eine typische Bewegung, die er immer machte, wenn er etwas ihn zutiefst Bewegendes zu erzählen sich anschickte, sagte Obregón: »Nein, damit ist die Sache noch nicht zu Ende. Am Ende unternahmen wir sogar zusammen eine verrückte Schiffsreise von Curaçao nach Cartagena.«

Angesichts meines Staunens begann er, die Geschichte in aller Ausführlichkeit zu erzählen. Vor der Abfahrt zum Flughafen Barajas blieb noch Zeit. Unsere Gattinnen waren aufs Zimmer gegangen, um ihre Madrider Einkäufe Revue passieren zu lassen. Pepe Dominguín und seine Gruppe hatten sich diskret abgesetzt. Wir blieben dem trockenen Sherry treu, der uns langsam in die weise Behaglichkeit versetzte, in der alles im Rhythmus des Omaijadenkalifats dahingleitet.

Bevor er in Cartagena in See stach, besuchte der Gaviero noch einmal Obregón, um sich verabschieden. Zwischen den beiden hatte sich der Gleichklang von Menschen eingestellt, die ihr Leben ziemlich ungewöhnlichen Prüfungen unterzogen haben und besser als die andern die verborgenen Triebfedern kennen, welche den Mechanismus in Bewegung versetzen, den Naive Zufall nennen. Sie tranken zwei Flaschen farblosen Rum, den Obregón, meiner Meinung nach etwas voreilig, mit Wodka zu vergleichen pflegte, und kamen wieder auf die Geschichte mit den Katzen in Istanbul zurück. Alejandro berichtete ihm von den Pelikanen, die die Orientierung verloren hatten. Maqroll äußerte sich nicht dazu, im Wissen, dass er es mit jemandem zu tun hatte, dem so etwas durchaus zustoßen konnte, und ergänzte sie mit zwei ebenfalls unwahrscheinlichen Möwengeschichten. Sie verabschiedeten sich mit dem Versprechen, einander von Zeit zu Zeit von ihren Abenteuern zu berichten. Es vergingen mehrere Monate, und Alejandro hatte seine Begegnung mit dem Gaviero unter die unerwarteten Dinge eingereiht, von denen seine Vergangenheit wimmelte, als er ihn in Curaçao wieder traf, abermals zufällig. Er war auf der Suche nach einem Restaurant fürs Mittagessen, das vom eintönigen chinesischen Menü abwiche. Man empfahl ihm ein indonesisches Spezialitätenlokal, und beim Eintreten stieß er in der Bar unverhofft auf den Gaviero, der versuchte, mit unmöglichen Zusätzen einen *Old Fashioned* aufzumotzen, der ihn nicht ganz überzeugte. Sie begrüßten sich, als hätten sie sich erst am Vortag gesehen, und beschlossen, sich an die Klippen einer Speisekarte mit etwas improvisierter malaiischer Küche heranzuwagen. Sie aßen nicht die Hälfte der Gerichte und gingen zu Bourbon mit Ginger-Ale über, um nicht blindlings den ehrwürdigen Weg der Trunkenheit weiterzuverfolgen. Da sprach Maqroll der Gaviero die verführerische Einladung aus, die um ein Haar für immer das Malerschicksal meines Freundes verändert hätte.

»Kommen Sie mit mir«, sagte er, »auf die *Liselotte Elsberger.* Das ist der Tanker, auf dem ich Bootsmann bin. Wir kommen über Aruba zurück und fahren von dort nach Cartagena. Ich versichere Ihnen, Sie werden sich amüsieren. Der Kapitän, ein adeliger Preuße, ist ein ehemaliger U-Boot-Kommandant aus dem Ersten Weltkrieg, stammt aus Kiel und hat nur ein Bein. Das andere hat er in der Seeschlacht im Skagerrak verloren. Er verfügt über einen unerschöpflichen Vorrat an Geschichten vom Meer und einigen unerquicklichen vom Land. Wenn Sie nach Cartagena zurückmüssen, hindert Sie nichts daran, uns zu begleiten.«

Obregón zögerte keinen Augenblick, auf den Vorschlag einzugehen, und nachdem er im Hotel seine Kleider und zwei Schachteln in Curaçao gekaufte holländische Farben abgeholt hatte, brach er mit dem Gaviero zu den Molen auf. Dort wartete die *Liselotte Elsberger,* die dringend einen Anstrich brauchte. Sie stiegen an Bord, bekamen aber den Kapitän nicht zu Gesicht, da er immer noch Siesta hielt. In der Kajüte des Gaviero war eine Schlafkoje frei, wo Alejandro seine Siebensachen unterbrachte. Wieder an Deck, wanderten sie von einem Ende des Schiffs zum andern und bemühten sich, den Benzingeruch möglichst zu ignorieren.

»Nach dem Ablegen wird die Brise es etwas erträglicher machen«, bemerkte Maqroll, ohne dem Ganzen allzu große Bedeutung beizumessen. Obregón erklärte, der Geruch der Farben und Lösungsmittel habe ihn einen großen Teil seines Lebens begleitet. Benzin rieche nicht sehr viel anders. Als es Abend wurde, erschien der Kapitän auf Deck. Er war ein Riese von zwei Metern, der gewandt seine Beinprothese bewegte und mit leicht deutschem Akzent sämtliche Sprachen der Erde sprach. In seinem bartlosen Pferdegesicht stand ein herablassend müdes Lächeln, das ihm einen geistlichen Anstrich gab. Seine Augen waren vage kaffeefarben, bewegten sich in dauernder Unruhe und schienen Menschen und Dinge mit fieberhaftem Interesse zu mustern. Er hieß Karl von Choltitz und bezeichnete sich als entfernten Vetter des Nazigenerals, der Paris im letzten Moment davor bewahrt haben wollte, in die Luft zu fliegen. Nach einigen höflichen Sätzen bat der Kapitän Obregón um die Erlaubnis, den Gaviero zu entführen. Das Ablegen begann. Da das Schiff bis fast über die Wasserlinie beladen war, erforderte das

Manöver größte Umsicht. Obregón blieb an Deck, sah den Himmel über Curaçao dunkel werden und fragte sich, wie er sich dazu hatte hinreißen lassen können, eine solche Einladung anzunehmen. Doch sein alter Instinkt, bei den rätselhaften Verfügungen des Schicksals nicht dazwischenzufunken, erlaubte es ihm, gelassen den Einbruch der Nacht zu verfolgen, die allmählich das bunte Fest der Farben von Blutrot bis zum zartesten Orange auflöste. Er erinnerte sich an die Landschaften auf den Huntley-Palmers-Keksdosen, die er als Kind im vornationalsozialistischen Berlin kennen gelernt hatte. Die Fahrt begann ohne irgendwelche Zwischenfälle. Langsam und schläfrig glitt das Schiff durch das ruhige Meer. Das Läuten einer Glocke holte ihn in die Wirklichkeit zurück, und er sah, dass ihn Maqroll auf der Kommandobrücke zum Abendessen in der Kabine des Kapitäns heraufwinkte.

In Choltitz' Kajüte war nicht das geringste persönliche Detail zu sehen. Kein Familienfoto, keine Ansicht seiner Geburtsstadt, kein Gegenstand, der ihn an die Vergangenheit erinnert hätte. Nur zwei alte Karten der Karibik und eine Signalkarte hingen an der Wand. Das beunruhigte Obregón ganz eigenartig; es war wie eine äußere Leere, die die innere, bodenlose Leere einer Seele spiegelte, welche mit der Vergangenheit Tabula rasa gemacht hatte. Am auffälligsten jedoch war eine große Bowle aus Wiener Silber auf dem kleinen Esstisch, um die herum ebenfalls silberne Tabletts mit Häppchen aus Schwarzbrot und den erlesensten Sorten Lachs, Hering, Kaviar, geräucherte Forelle, Thunfisch und Seeigel angeordnet waren. Der Kapitän wies seinen Gästen ihre Stühle zu und schritt dann zu einer Zeremonie, die Alejandro in noch größeres Staunen versetzte. Er entkorkte eine Flasche französischen

Champagner einer berühmten Marke und begann sie in die Schale zu gießen, während er mit der andern Hand eine Flasche deutsches Lagerbier dazugab. Als diese leer war, folgte eine zweite, die gleichzeitig mit dem Champagner zur Neige ging. Dann verteilte er Gläser mit Henkeln in Form von Flügeln, wie sie auf Wappen erscheinen, und lud mit einer höflichen Handbewegung zum Trinken. Mit einem Zeichen gab Maqroll seinem Freund zu verstehen, dass das die übliche Zeremonie sei, sie brauche ihn nicht zu erstaunen. Und so begann eine lange Nacht der Erinnerungen und Anekdoten, zu denen jeder das Beste aus seinem Repertoire beisteuerte. Die Bowle wurde regelmäßig vom Kapitän nachgefüllt, der keinerlei Müdigkeit und noch weniger Trunkenheit erkennen ließ. Beim ersten Tageslicht gingen sie zu Bett. Am nächsten Vormittag gegen elf Uhr wurde die Zeremonie wieder aufgenommen und bis zum Einbruch der Dämmerung fortgesetzt, um, nachdem es Nacht geworden und einige seemännische Arbeiten erledigt waren, abermals zu beginnen. Natürlich zeigte keiner der Beteiligten irgendwelche Anzeichen von Berauschtheit.

Vier aufeinander folgende Tage mit dieser Behandlung festigten die vorher latenten Affinitäten zwischen Obregón und dem Gaviero beträchtlich und ließen in von Choltitz bessere Tage seiner Seemannskarriere wieder aufleben. In der Euphorie der langen Nostalgie- und Trinkgelage lud der Kapitän Obregón schließlich ein, ihnen für die Dauer eines Zwei-Jahres-Vertrages auf dem Mittelmeer beim Brennstofftransport zwischen Algerien und Korsika Gesellschaft zu leisten. In einer schlaflosen Nacht kokettierte Alejandro mit dem Vorschlag. Sie gelangten nach Aruba, wo die *Liselotte Elsberger* einen Tag lang Flugbenzin für

Cartagena lud. Das Trio, mittlerweile verschmolzen in einer gemeinschaftlichen Stimmung von Erinnerungen und roh erprobter Widerstandsfähigkeit gegen den verderblichen Cocktail, nahm sich nicht einmal die Mühe, an Land zu gehen. Als sie am Pier von Mamonal in Cartagena anlegten, gelang es Alejandro in einem Moment der Klarheit und des Aspirins, von Choltitz' Angebot höflich auszuschlagen. Während dieser verworrene Entschuldigungen stammelte, billigte der Gaviero mit leichtem Nicken die Entscheidung seines Freundes, dessen Malerei er zu bewundern gelernt hatte und als seltsam nahe empfand, da sie ihm abgründige Bereiche seines eigenen Bewusstseins offenbarte. Er begleitete Obregón nach Hause, wo sie sich nach dem Genuss einer in Curaçao gekauften Flasche Insel-Rum voneinander verabschiedeten. »Als ich ihm sagte, ich kenne dich seit vielen Jahren«, erklärte Alejandro nach Beendigung seiner Erzählung, »trug er mir auf, dir, wenn ich dich sähe, seine Grüße zu überbringen und dir zu sagen, er wolle dir schon lange einige Papiere schicken, wo er einige dir bisher wenig bekannte Episoden aus seinem Leben als Bergmann in den Anden erzählt. Er sagte auch, er habe dein Interesse an seinen Abenteuern nie ganz verstanden, die er als eher düster und ziemlich alltäglich sieht. So seine Worte.«

Da erschien Alejandros Frau und verkündete, wenn sie nicht sogleich aufbrächen, riskierten sie, das Flugzeug zu verpassen. Obregón verharrte eine Weile in Gedanken und schaute in die unbestimmte, trostlose Ferne, in der er immer Zuflucht suchte, wenn das Leben mit für ihn unakzeptablen Forderungen über ihn hereinbrach, in die er sich aber mit der Weisheit eines mittelalterlichen Rabbiners zu schicken wusste, ein Erbe seiner katalanischen

Vorfahren. Wir verabschiedeten uns mit unserer gewohnt innigen Umarmung.

Wie zu erwarten war, hatte Alejandros Schilderung seiner Begegnung mit Maqroll dem Gaviero Folgen, die sich sehr bald zeigen mussten. Zwei so markante, außerordentliche Persönlichkeiten begegnen sich im Leben nicht, ohne einen ganzen Schweif durcheinander geratener Planeten zurückzulassen. Monate nach unserer Begegnung in der ›Wellington‹-Bar erhielt ich einen dicken, in Manila abgestempelten Umschlag. Er enthielt einen ausführlichen, aber launig mit einigen Episoden gewürzten Bericht über das Goldgräberleben des Gaviero und einen langen Brief, in dem er mich von seinem gegenwärtigen Aufenthaltsort und den in seinem unvorhersagbaren Wanderleben üblichen Missgeschicken unterrichtete. In zwei langen Abschnitten sprach er von Alejandro. Ich kann der Versuchung nicht widerstehen, sie hier wiederzugeben – sie vervollständigen und bereichern die Geschichte dieser Freundschaft außerordentlich, in der mir, wie immer, wenn es um Maqroll geht, die Rolle des reinen Vermittlers zufällt. Das erste Fragment lautete folgendermaßen:

»(...) sodass ich beschloss, eine Zeit lang in Kuala Lumpur zu bleiben. Ich stieg bei einer Fabrikantin von Trauerweihrauch und Essenzen für religiöse Zeremonien ab. Die Frau weckte sogleich meine Neugier. Die Verbindung zwischen uns hergestellt hatte ein Straßenbahnfahrer in Singapur, mit dem ich eine herzliche Beziehung pflegte, die sich auf zwei sehr unterschiedlichen Ebenen abspielte: In einer illegalen Bar außerhalb der Stadt, in die auf der Suche nach exotischen Eindrücken oft englische und skandinavische Touristen gerieten, tranken wir Palmwein mit Absinth.

Ich weiß nicht, ob damit Ihre Neugier befriedigt ist, sicher aber bin ich, dass unser Verlangen nach Verkehr mit weißen Frauen vollkommen gestillt wurde. Lange Zeit nur mit Asiatinnen Kontakt zu haben, führt zu einer Übersättigung, die in Impotenz mündet. Andererseits nahm mich Malacca Jack, so lautete sein Name, jeweils mit, wenn er mit seiner Straßenbahn vorbeifuhr. Dann forderte er mich auf, einzusteigen und eine Weile mit ihm zu plaudern, während er seine übliche Strecke zurücklegte. Er war ein unerschöpflicher Causeur, kannte die verborgensten Geheimnisse der Stadt und ihrer Bewohner, und die Spazierfahrt wurde zu einem äußerst vergnüglichen und lehrreichen Erlebnis. Malacca Jack empfahl mir, in seinem Namen die Weihrauchherstellerin Khalitan aufzusuchen, als ich ihm erzählte, ich führe nach Kuala Lumpur für ein Geschäft mit Teakholz, das mir ein dubioser Portugiese mit dem noch unglaubhafteren Namen Fernando Ferreira de Loanda vorgeschlagen hatte. Auch die Frau erwies sich als unerschöpfliche Kennerin von Leben und Wundern ihrer Landsleute, höchst geheimnisvollen Menschen mit einigen gefährlichen Charakterzügen, die man vorteilhafterweise gut kennt, ehe man Umgang mit ihnen pflegt. Wie zu erwarten war, landeten wir im Bett, wo sie immer einen malaiischen Dialekt sprach und kein Wort in einer der Sprachen herausbrachte, die sie sonst einigermaßen flüssig sprach. Eines Tages, als sie von der prunkvollen Beerdigung des Bosses einer Mafia von Schmugglern archäologischer Kostbarkeiten zurückkam, erzählte sie, mitten im Weihrauch der ewig dauernden Sühnezeremonien habe sie das Gesicht eines Weißen mit blauen Augen und einem buschigen, sich in einen rötlichen Kanonierbackenbart fortsetzenden Schnurrbart gesehen. In den dichten Trauerrauchschwaden sei der Mann erschienen und wieder verschwunden und habe dabei die unsinnigsten, unflätigsten Verwünschungen auf Englisch und in einer andern Sprache ausgestoßen, die irgendwie dem Spanischen geähnelt, aber auch ans Französische erinnert habe. ›Ich hatte den Eindruck, er sagte deinen Namen‹, erklärte Khalitan halb misstrauisch, halb spöttisch, ›aber als ich mich ihm nähern wollte, ist er davongesprungen, als würde ihm ein böser Geist ausgetrieben.‹ Sogleich bat ich sie, mich an den Ort der Beerdigung zu bringen, um den Betreffenden in der Umgebung zu suchen. Etwas sagte mir, dass es sich um einen mir sehr wohl bekannten Mann handeln musste. Die blauen Augen, der Franz-Joseph-Schnurr- und -Backenbart und die Flüche auf Englisch und Katalanisch – eine Sprache, die meine Freundin nicht kannte, aber recht zutreffend beschrieb – konnten nur zu einer einzigen Person gehören. Zuerst weigerte sie sich, meinem Bitten stattzugeben. Der Gedanke erschien ihr absurd. Seit der Zeremonie waren schon mehrere Stunden vergangen, und das betreffende Viertel war eine Gegend mit großen Prunkvillen, verlassenen Parks und völlig fehlendem Geschäftsleben. Ich ließ nicht locker, bis ich sie so weit hatte und wir hinfuhren. Der Ort war so, wie sie ihn beschrieben hatte: trostlose Alleen, über denen sich die großen Bäume zu feuchtem Dauerschatten zusammenschlossen, unendliche Gitter, die halb verwilderte Gärten eingrenzten, und zuhinterst in diesen Parkanlagen Villen in den ungewöhnlichsten, wahnsinnigsten Stilen: Kolonialstil aus dem Süden der Vereinigten Staaten, Tudor mit abschüssigen Dächern, die in diesem Tropenbackofen auf einen unvorstellbaren Schneefall warteten, spanisch-kalifornischer und Hollywood-arabischer Stil sowie vom

Regen und vom Harz, das der üppigen Vegetation entströmte, fleckig gewordenes Art déco. Im klapprigen Fuhrwerk der Weihrauchherstellerin, die versuchte, den skeptischen Esel dahin zu bringen, das Gefährt schneller zu ziehen, fuhren wir durch mehrere vollkommen identische Straßen. ›So was kann nur dir einfallen‹, schimpfte sie, ›du unvernünftiger Gaviero. Hier werden wir weder deinen Freund noch sonst ein lebendes Wesen antreffen. Ich möchte bloß wissen, wie du dich rechtfertigst, wenn uns die erstbeste Patrouille anhält.‹

Khalitans Vorahnungen entsprechend vergingen keine fünf Minuten, bis uns tatsächlich ein alter grün-goldener Polizei-Ford stoppte. Aber anstatt uns irgendeine Frage zu stellen, öffneten die Beamten die Tür und ließen wie ein Springteufelchen einen Besessenen hinaus, dessen Gesicht mit roter und blauer Erde bemalt war, den in Kuala Lumpur typischen Farben der Teilnehmer einer Trauerzeremonie, und der lauthals schrie: ›*Collons, nano,* verdammter Maqroll! Wollen Sie mich diesen Gelben überlassen, die nach fauligem Fisch stinken?‹ Genau wie ich befürchtet hatte, handelte es sich um Alejandro Obregón, der beim Wechseln des Flugzeuges hier geblieben war. Den Grund für den Zwischenfall schilderte er in buntesten Farben: Er hatte versucht, einer bengalischen Krankenschwester, die im Flughafenrestaurant resigniert auf das Air-India-Flugzeug wartete, den Kopf zu verdrehen. Obregón stieg in unser Fuhrwerk. Ich stellte ihn meiner Freundin vor und erklärte ihm, womit sie ihren Lebensunterhalt verdiente. ›Perfekt!‹, kommentierte er. ›Das könnte nicht passender und richtiger sein. Sie soll für mich diese Essenzen verbrennen, die geben wundervolle Farben.‹ Ich hatte bereits Gelegenheit gehabt, Khalitan zu schildern, wer Obregón war, wie wir uns in Cartagena kennen gelernt hatten und nachher zusammen auf der *Liselotte Elsberger* gefahren waren. Aber sie musterte ihn staunenden Gesichts. Mit der dandyhaften Artigkeit, die manchmal bei meinem Freund durchbrach, verstieg er sich zu einer noch fantastischeren Erklärung: ›Schau, meine Kleine, als ich vor den Büros der Air France, wo ich meinen Flugschein in Ordnung zu bringen versuchte, den Trauerzug habe vorbeiziehen sehen, konnte ich nicht anders, als alles stehen und liegen zu lassen und ihm zu folgen. Die Farbe der Zelebrantenkleider und die Rot-, Grün- und Orangetöne deines Weihrauchs haben mich geblendet. Wenn sich etwas inmitten solcher Farben abspielt, können wir gar nicht anders, als den Zug bis zu den letzten Konsequenzen zu begleiten. Ich habe mir das Gesicht mit der Erde beschmiert, die mir ein Mädchen anbot, das dicht neben der Witwe ging, und mich unter die Angehörigen gemischt und die Bewegungen nachgeahmt, die ich neben mir sah. Manchmal ist ein Mann hinter einer Krötenmaske mit safrangelben und himmelblauen Flecken zu mir getreten und hat mir eine Art Zuckerrohrschnaps mit Zimt- und Sandelholzgeschmack zu trinken gegeben. Am Ende war ich sturzbesoffen, aber ich glaube, das ist uns allen so gegangen. Da ich eine Postkarte von Maqroll aus dieser Stadt bekommen hatte, habe ich ihn in sämtlichen mir bekannten Sprachen angerufen. Als die Totenfeier zu Ende war, bin ich unter einem riesigen Mangobaum eingepennt, der den Eingang zum Haus des Verstorbenen fast verdeckt. Dort hat mich die Polizei aufgegriffen. Was für Typen! Die sind so grausam wie ein sanftes Reptil. Na ja, du siehst, das Ganze hat eingeschlagen, und da bin ich.‹ Wie ich schon sagte, verwirrte diese Erklärung meine Freundin nur noch mehr, anstatt sie zu beruhigen. Inzwischen waren wir zu Hause angekommen, und Khalitan brachte Obregón mit spontaner Gastfreundschaft, die keinerlei Widerspruch duldete, in einem Zimmer unter, das auf den hinteren Korridor hinausging und gefährlich über einem Kanal mit stehendem Wasser hing, auf dem manchmal Boote mit Blumen und Früchten in den unglaublichsten Farben vorbeifuhren. Ebenso selbstverständlich macht sich Obregón dort breit, nachdem wir sein Gepäck im Air-France-Büro auf dem Flughafen abgeholt hatten.

In Kuala Lumpur hatte unser Freund die mannigfaltigsten Erlebnisse. Die meiste Zeit jedoch verbrachte er mit Malen. Er hatte eine behelfsmäßige Staffelei in den Korridor gestellt und versorgte sich mit Leinwänden, die er persönlich auf von Khalitan auf dem Markt erstandene Halbedelholzrahmen aufspannte. Ich möchte jetzt gern etwas über Alejandros Malerei sagen. Sie wissen ja, dass ich weit davon entfernt bin, Experte in dieser Materie zu sein, aber ich empfinde eine derartige Nähe zu der von diesen Bildern erschaffenen Welt, dass ich angesichts des Interesses, das Sie für diesen mir so ähnlichen Nomaden und sein wechselvolles Leben gezeigt haben, damit nicht aufdringlich zu sein glaube.

Obregóns Bilder stehen in Verbindung mit einer andern Welt, die vollkommen verschieden ist von der, die wir bewohnen. Sie stellen eine von ihm auf ich weiß nicht was für verschlungenen Wegen der Seele geschaffene Wirklichkeit dar. Es ist eine engelhafte Malerei, aber Engel vom sechsten Schöpfungstag. Ich habe immer eine kleine Ölskizze auf Karton bei mir, die er in der feuchten Sternennacht in Aruba malte. Sie zeigt einen Stuhl aus ungewöhnlichem Blickwinkel. Doch auch der Stuhl selbst hat nichts mit dem zu tun, was wir als das zu bezeichnen pflegen. Es ist, ich wiederhole es, ein Stuhl aus einer andern Welt. In diesem Sinn nenne ich es eine engelhafte Malerei. Die Bilder, die er in Kuala Lumpur malte – sie gingen später alle im Golf von Aden mitsamt dem Frachter unter, der mit einem Torpedo kollidierte, welcher sich in irgendeinem Flottenstützpunkt selbstständig gemacht hatte –, faszinierten mich lange Zeit. Ja, oft träume ich immer noch davon. In ihnen war die Essenz dieses Gebiets enthalten mit seinen tropischen und erlesenen, barocken und dekadenten Elementen, die die Landschaft von Kuala Lumpur zu einem einmaligen Ort machen. Aber gleichzeitig bildete kein einziger Strich auf den Bildern die umgebende Wirklichkeit ab. Obregón hatte einfach in seinem Gedächtnis gewisse Eigentümlichkeiten, Farben und Formen registriert und verlegte sie in diese seine besondere, einmalige Welt, wo sie ein neues Leben zu leben begannen. Khalitan geriet in Verzückung, wenn sie ihn malen sah, und flüsterte mir dann zu: ›Ich glaube, er betet.‹ Eines Nachts ertappte ich sie dabei, wie sie um die Bilder herum für Andachtszeremonien bestimmten Weihrauch verbrannte. Ich weckte Alejandro und zeigte ihm die Szene. Er wunderte sich nicht im Geringsten – es schien ihm das Natürlichste von der Welt zu sein. ›Sie wird das ganze Haus abfackeln und uns damit‹, sagte ich ihm ins Ohr. ›Wie schön‹, meinte er, ›das wäre großartig!‹ Ich brachte ihn vorsichtshalber wieder zu Bett. In seinen Augen blitzte und funkelte es wie in denen einer Katze aus dem Barceloneser Ensanche-Viertel, sodass mir die Haare zu Berge standen. Wir waren drauf und dran, auf dem Scheiterhaufen zu enden. In Alejandros Malerei gibt es noch einen weiteren Aspekt, der mich außerordentlich fesselt, und Sie, der Sie ihn so gut kennen und bei seiner ersten Ausstellung dabei waren, können mir sicher sagen, ob er schon in seinen ersten Bildern vorhanden war: Wenn Obregón Personen malt, haben auch diese Figuren eine Art gefährliche Unschuld, eine vorsinnliche Sinnlichkeit – wieder das Engelhafte, aber auf raffiniert ketzerische Weise abgewandelt –, das uns den Eindruck vermittelt, in eine Welt eingedrungen zu sein, die uns verboten ist. Als ich in der Nacht, da wir uns kennen lernten, einige seiner Selbstbildnisse sah, bekam ich den ersten Hinweis darauf, dass ich mich jemand Außergewöhnlichem gegenübersah, einem Visionär, der gekennzeichnet ist von was weiß ich für welchen von der Plage zerfressenen Göttern. In diesen Bildern war der Mensch, der sich mit mir unterhielt und mich vor einigen Killern gerettet hatte, aber zugleich schaute mich da ein Wesen an, das nichts mit dem Original zu tun hatte, das etwas zu sagen hatte und es gewiss auch gleich hatte sagen wollen, als es auf die Leinwand gebannt wurde, aber dann wieder in einem Schweigen Zuflucht gesucht hatte, das uns Sterbliche vor einer unaussprechlichen Erfahrung rettete. Na, ich verheddere mich in dieser Beschreibung von etwas, was Sie viel besser kennen als ich und worüber Sie sicherlich sehr viel angemessener sprechen könnten.

Es vergingen mehrere Monate. Zum Teakholzgeschäft kam es nicht, da der vermeintliche portugiesische Partner es vorzog, in Brasilien eine Seifenfabrik aufzubauen, und mich mit dem Groll sitzen ließ, das Geschäft meines Lebens verpasst zu haben. Diese Erfahrung ist mir so vertraut, dass ich jeweils gleich die entsprechenden Gegengifte anwende und meine Irrfahrten fortsetze. Ich beschloss, nach Zypern zu fahren, wo mich Prüfungen und

Unternehmungen erwarteten, über die ich Ihnen schon früher berichtet habe. Mittlerweile hatte sich zwischen Khalitan und Alejandro eine Beziehung entwickelt, die mich in keiner Weise quälte, sondern es mir gestattete, ohne jedes Schuldgefühl abzureisen, im glücklichen Wissen, dass unser Mann eine Welt kennen lernen würde, in der sich das Esoterische weise mit spontaner, sehr versöhnlicher Erotik verband.«

Das zweite Fragment über Obregón im langen Brief Maqrolls des Gaviero findet sich an dessen Ende. Es ist etwas kürzer als das vorige und erscheint unvermittelt, eingebettet in andere Ereignisse, die anscheinend nichts mit dem Thema zu tun haben, und lautet so:

»Ich kam nach Vancouver, in einem Küstenwachschiff der kanadischen Kriegsmarine, das uns wie durch ein Wunder gerettet hatte, wenige Minuten nachdem der verdammte, mit stinkenden Fellen beladene Frachter untergegangen war; das Ruder geführt hatten ein Kapitän und ein Bootsmann, die zweifellos einen Pakt mit dem Teufel geschlossen hatten, um uns das Leben unmöglich zu machen. Da ich keine Papiere und kein Geld hatte, war das Erste, was mir einfiel, im Matrosenasyl um Unterkunft nachzusuchen – eine Armeneinrichtung, die Seefahrer in Situationen wie der meinen mit dem Allernotwendigsten versorgt, während sie ihr Schicksal geradezubiegen versuchen. Sie wissen ja genau, wie es bei mir in Bezug auf Papiere und Dokumente aussieht und wie unzulänglich diese immer gewesen sind, wenn ich mir mit Unterlagen, über die ich besser schweige, welche habe verschaffen können, und so werden Sie sich meine Lage in Britisch-Kolumbien etwa ausmalen können, wo ein Winter vor der Tür stand, der als der härteste der letzten fünfzig Jahre angekündigt wurde. Aus einem Schrank im Asyl, wo die Habseligkeiten der dort verstorbenen Seeleute verwahrt wurden, versorgte man mich mit warmer Kleidung. In solcher Aufmachung ging ich auf die Straße hinaus und wusste nicht genau, was ich nun tun sollte. Da ich auf der ganzen Welt in keinem Archiv der Handelsmarine registriert bin und in keinem Konsulat etwas von mir bekannt ist, werden Sie verstehen, wie unruhig ich nach einem Ausweg suchte, ehe die dreißigtägige Frist abliefe, die mir die Einwanderungsbehörden gewährt hatten, als ich an Land ging.

So verstrich eine Woche, und mit jedem Tag wurden meine Aussichten düsterer. Da beschloss ich eines Tages, das kolumbianische Konsulat aufzusuchen und von dort aus meinem Freund Alejandro Obregón ein SOS zu senden. Warum kam gerade er mir in den Sinn und kein anderer von den wenigen, aber treuen Freunden, die ich auf der ganzen Welt verstreut habe? ›Weil es nun mal so ist, Punktum‹, erklärte Alejandro später, als ich ihm die Frage stellte. Das Konsulat schickte meinen Hilferuf nach Cartagena, und von dort kam die Antwort, Obregón befinde sich in San Francisco, wo in einer Ausstellung seine Bilder gezeigt würden. Er wohne im Hotel ›Francis Drake‹. Bei unserem Freund erschien es mir ziemlich unlogisch, dass er sich einen Ort dieses Namens ausgesucht hatte. Man erlaubte mir, mich direkt vom Konsulat aus mit dem Maler in Verbindung zu setzen, und ich schilderte ihm kurz und bündig meine Situation. Er antwortete nur: ›Scheiße! Ich komm sofort. Gehen Sie nicht weg. Lassen Sie mich mit dem Konsul sprechen.‹ Ich reichte den Hörer dem Konsul, der mich, während er Obregón zuhörte, neugierig und misstrauisch musterte. Als das Gespräch zu Ende war, zog er einige Geldscheine aus der Schublade seines prähistorischen Schreibtischs und reichte sie mir mit den Worten: ›Der Meister bittet mich, Ihnen das zu geben, damit Sie überleben, bis er eintrifft; ich glaube, er kommt nächsten Samstag.‹ Ich gab meiner in diesem Fall absolut aufrichtigen, ja gerührten Dankbarkeit Ausdruck, worauf er nur bemerkte: ›Seien Sie unbesorgt und ganz ruhig. Jemandem wie dem Meister Obregón kann man nichts abschlagen, so seltsam es auch erscheinen mag.‹ Ich wandte mich um und versuchte beim Hinausgehen den in diesen Worten verborgenen Vorbehalt zu schlucken, ohne mir meine gute Laune verderben zu lassen. Das Leben hat mich gelehrt, dieses Ritual beinahe unwillkürlich und unpersönlich zu vollziehen. Zudem war mein Aussehen gewiss nicht die bestmögliche Visitenkarte. Ich war noch nicht beim Barbier gewesen, und meine Kleider verrieten von Weitem, dass deren früherer Besitzer viel größer gewesen war.

Alejandro kam wie versprochen. Er erschien mit seiner ganzen Warmherzigkeit, die einer seiner Charakterzüge war, wie immer abgeschwächt durch eine gemessene Schamhaftigkeit und das Bestreben, die Intimität des andern um jeden Preis zu respektieren. Außerdem brachte er einen Pass einer kleinen Karibikrepublik mit, verziert mit einem Foto, das einige meiner unter einem Walfischfängerbart verborgene Züge zeigte. ›Sie werden sich einen Bart stehen lassen müssen, Gaviero. Zum Glück ist er schon ziemlich weit gediehen‹, sagte er mit schallendem Gelächter, während wir einen schalen, parfümierten kanadischen Whisky tranken, den wir mit beigemischtem Ginger-Ale erträglich zu machen suchten. Dann erzählte er mir, wie es in Kuala Lumpur ausgegangen war. ›Da bin ich ohne große Mühe wieder rausgekommen. Die Beziehung zu Ihrer Freundin ist mir zu einer Art violetten Messe geworden, eingebettet in sämtliche Düfte der buddhistischen Lehre. Nun, ich weiß auch nicht, ob das wirklich Buddhismus ist. Ist ja auch egal. Aber als ich in Rom, wohin ich in einem Direktflug gelangte, den Koffer öffnete, hat es genauso gerochen wie bei dieser Beerdigung, die uns beide wieder zusammenbracht hat.‹

Dann wechselten wir das Thema. Ich fragte ihn, was er denn jetzt so male. Seine Antwort ist unmöglich zu vergessen, sie war aber so voller Kraftausdrücke, dass mir scheint, wenn ich sie ohne diese wiedergäbe, würde ich unseren Freund verraten. Folgendes sagte mir Obregón, in diesen oder ähnlichen Worten:

›Schauen Sie, Gaviero, die Geschichte mit der Malerei ist ganz einfach … Aber auch sehr kompliziert. Sie beschränkt sich auf das: Man muss es immer mit der Wahrheit halten. Genau wie im Leben, so hat auch in einem Bild nur die Wahrheit Platz. Damit steht und fällt die Unsterblichkeit eines Bildes. Lügen heißt das Leben verfälschen, also sterben. Ist das klar? Gut. Nun kommt das Problem der Farben. Man muss jederzeit sicher sein, dass man selbst, also der Maler, derjenige ist, der sie handhabt, der sie anordnet. Der also, der sie erschafft, um es am einfachsten auszudrücken. Aber sie können sich auch durch sich selbst ergeben. Wenn sie sich zu einer neuen Farbe verbinden, dann ist das eine Augenweide, die sich keiner vorstellen kann. Aber immer, vergessen Sie das nicht, immer muss man selbst bestimmen. Mit dem Pinsel oder dem Spachtel in der Hand, ohne zu zittern, ohne zu zaudern, in der Gewissheit, Herr und Meister dieses

Reichs zu sein. Den Regenbogen kann man getrost zum Teufel schicken. Man darf ihm nie Rechenschaft ablegen, sonst ist das Bild verloren, geht in einem Schleimmeer unter. Sehen Sie, mit dem Regenbogen und dem ganzen Quatsch muss man machen, was ich vor vielen Jahren mit einem Schwarm Pelikane getan habe, die in Reih und Glied ganz niedrig dahergeflogen kamen. Ich glaube, ich hab es Ihnen schon erzählt. Ich war am Strand, als ich sie kommen sah. Mit einem Stock habe ich in den Sand einen riesigen Pfeil gezeichnet, der in die entgegengesetzte Richtung wies, als die Vögel flogen. Als sie den Pfeil erblickt haben, sind sie vollkommen aus dem Häuschen geraten, haben über mir Kreise gezogen, ihre Formation zerstört, sich nach einer Weile wieder zusammengeschlossen und sind dann in Pfeilrichtung davongeflogen, also genau um hundertachtzig Grad anders als vorher. So ist es auch mit der Malerei: Man bestimmt die Farben und die Komposition und die Ordnung, die die Elemente des Bildes einnehmen sollen. Ich weiß, das sagt sich leicht, aber so muss es sein. Schauen Sie, Gaviero, das ist dasselbe wie bei allem, was einem im Leben geschieht. Was wir nicht unter Kontrolle haben, wendet sich immer gegen uns. Aber die Leute verstehen das nicht. Nun, die Leute, Sie wissen ja, die Leute taugen nicht viel. Nichts geht mir mehr auf den Wecker als die Leute. Ein Dichter meines Landes, der ein sehr guter Freund von Ihnen gewesen wäre und ein idealer Kumpel beim Bechern hochprozentigen Alkohols in den unmöglichsten Kneipen, hat gesagt: ›Oh, was sind die Leute mit ihren Meinungen doch für Einfaltspinsel!‹ Aber das ist eine andere Geschichte. Kommen wir auf die Malerei zurück. Wir haben also gesagt, dass das, was ich male, alles, was ich in meinem Leben gemalt habe, auch das einfachste Bild, die Wahrheit und nichts als die Wahrheit ist. Und im Übrigen interessiert mich nur eines, nämlich dass die, die das Bild sehen, sogleich diese Gewissheit haben. Nun, wichtig ist es, sehen zu lernen, es so weit zu bringen, dass man zu sehen versteht, und zwar alles zu sehen: die Dinge, die Menschen, den Himmel, die Berge, das Meer und seine Geschöpfe. Alles, was wir sehen, verbirgt immer einen Teil, lässt ihn im Schatten. Dorthin muss man gelangen, muss beleuchten, entdecken, entziffern. Nichts darf verborgen bleiben. Ich weiß, das ist viel verlangt. Aber es gibt keine andere Möglichkeit. Das Meer zum Beispiel; Sie, der Sie es so lange befahren haben und es so gut kennen. Das Meer ist das Wichtigste, was es auf der Welt gibt. Man muss es zu sehen verstehen, seine Stimmungswechsel verfolgen, ihm lauschen und es riechen. Und wissen Sie, warum? Aus einem ganz einfachen Grund, den alle zu kennen glauben, den aber, wie ich denke, keiner wirklich begreift: weil dort das Leben entstanden ist, von da kommen wir, und ein Teil von uns wird immer dort zwischen Algen und den dunklen Tiefen unter Wasser sein. Jetzt bin ich schon fast so weit, dass ich einen alten Traum angehen kann, der mich seit Jahren verfolgt: den Wind zu malen. Ja, machen Sie nicht so ein Gesicht. Den Wind malen, aber nicht den, der durch die Bäume pfeift oder die Wellen peitscht oder die Röcke der jungen Mädchen bläht. Nein, ich will den Wind malen, der durch ein Fenster hereinkommt und durch ein anderes hinausgeht, nicht mehr und nicht weniger. Den Wind, der keine Spuren hinterlässt, der so sehr uns gleicht, unserer Aufgabe zu leben, dem, was namenlos ist und uns zwischen den Fingern zerrinnt, ohne dass wir wissen, wie. Den Wind, den Sie als Gaviero, als Marsgast, so oft auf die Segel haben zukommen sehen und der so oft die Richtung ändert und nie kommt. Den will ich malen. Das hat noch keiner getan. Ich werde es tun. Sie werden schon sehen. Man muss ihn einfach genau in dem Augenblick zu erwischen verstehen, in dem sein Weg ganz unzweifelhaft ist. Dazu, ich weiß, muss man schauen können, ich hab es bereits gesagt – die verborgene Seite der Dinge schauen. Mit dem Wind ist es dasselbe, und was ich wirklich kann, ist das: schauen, schauen, bis ich nicht mehr ich selbst bin. Ach du liebe Scheiße – jetzt habe ich mich schon wieder verrannt, aber ich glaube, Sie verstehen mich, Maqroll. Wenn Sie mich nicht verstehen, sind wir am Arsch.‹ Ich sagte, doch, natürlich verstünde ich ihn, und obwohl mir alles ganz klar erscheine, bedeute diese Sicht des Lebens doch einen Anspruch, eine Askese, eine Wachsamkeit, die in jedem Moment aufrechtzuerhalten sehr schwierig sei. ›Es gibt keine andere Möglichkeit, Gaviero, es gibt keine andere Möglichkeit, so ist das nun mal.‹

Wir saßen in einem Lokal, dessen Besitzer, ein mürrischer Grieche mit dichten Augenbrauen, uns einen widerlichen Ouzo aufgeschwatzt hatte, den wir ohne Federlesens mit dem kanadischen Whisky on the rocks vertauschten. Der Mann schaute uns mit hochmütigem Argwohn an, was uns belustigte, denn der Ort wirkte sehr wenig empfehlenswert, und was an den andern Tischen zwischen Leuten der verschiedensten Nationalitäten ausgeheckt wurde, sah alles andere als ehrlich aus. ›Wir sind lauter‹, bemerkte Obregón. ›Lauter in dem Sinn, den die Russen dem Wort geben, nämlich: selbstlose Diener der Wahrheit. Und das ist die verdächtigste Eigenschaft, die es für die Menschen gibt. Aus diesem Grund sind wir hier Leute, vor denen man sich in Acht zu nehmen hat.‹ Der

Grieche wandte den Blick von uns ab und gab vor, sich ins Spülen seiner Gläser zu vertiefen. Wir zogen weitere zwei Tage durch Hafenkneipen, die nicht besser waren als diese. Obregón fuhr nach San Francisco zurück, ohne dass ich auch nur die Möglichkeit hatte, meiner Dankbarkeit Ausdruck zu geben. Mit einer energischen Handbewegung unterband er jeden diesbezüglichen Versuch. Ich begleitete ihn zum Flughafen, und wir verabschiedeten uns mit einer innigen Umarmung. In diesem Moment waren seine Augen von stählernem Grau, der himmelblaue Ton war verschwunden. Das interpretierte ich als Zeichen streng kontrollierter Rührung. Am nächsten Tag schiffte ich mich auf einem Frachter mit Ziel Valdivia Richtung Süden ein. Eine Radarpanne nagelte uns im Hafen von Los Angeles fest ...«

So weit die Mitteilungen des Gaviero über seine Begegnungen mit dem Maler Alejandro Obregón.

All das geschah vor langer Zeit. Von Maqroll dem Gaviero habe ich seit Jahren nichts mehr gehört. Über seinen Tod kursieren inzwischen viele Versionen, alle unbestätigt. Da das nicht zum ersten Mal vorkommt, sind wir, seine Freunde, noch immer auf der Suche nach Nachrichten über ihn. Alejandro Obregón ist in seinem Haus in Cartagena gestorben, einem Haus wie von einem pensionierten Piraten, das nach Farben und Lösungsmitteln riecht und von dessen Terrasse aus man ein unglaubliches Meer sehen kann, welches uns noch immer auf Galeonen warten lässt. Ich, hier in Mexiko, versuche im Gedächtnis meiner Freunde die eine oder andere Spur zu hinterlassen, mit dem Kniff, die Heldentaten und Drangsale des Gaviero zu erzählen. Ich glaube zwar nicht, dass ich auf diesem Weg viel erreiche, aber ein anderer erscheint mir nicht mehr gangbar.

Seit Langem ist jedoch ein Gerücht im Umlauf, über das ich nicht weiter nachgrübeln mochte, vielleicht in der Befürchtung, am Ende auf eine der gewohnten maqrollschen Überraschungen zu stoßen, die immer ins Nichts münden. Aber als ich jetzt die Begegnungen zwischen dem Gaviero und Obregón schilderte, hat auf einmal dieses schon vergessene Ammenmärchen meinen Geist zu quälen begonnen, und so habe ich die Schrift eines andern Freundes hervorgesucht, der das Quartett vervollständigt – die Rede ist von Gabriel García Márquez –, in der er die Nachricht teilweise aufgreift. Sie bestand darin, dass Obregón es gewesen sei, der in der Ciénaga Grande die Leiche des Gaviero gefunden habe, nachdem dieser sich dort mit Flor Estévez verirrt habe und die beiden auf der Suche nach einem Ausweg aus der Brackwasserlagune anscheinend verdurstet und verhungert seien. Gabo berichtet Folgendes:

»Vor vielen Jahren wurde Alejandro Obregón von einem Freund gebeten, ihm bei der Suche nach der Leiche seines Kahnführers zu helfen, der in der Abenddämmerung ertrunken war, während sie in der Ciénaga Grande zwanzigpfündige Alse angelten. Die beiden fuhren die ganze Nacht kreuz und quer durch dieses Brackwasserparadies und durchforschten jede Einbuchtung mit Jagdlaternen, folgten den abdriftenden Gegenständen, die zu den Tiefen zu führen pflegen, wo die Ertrunkenen ihre Ruhe finden. Auf einmal erblickte ihn Obregón: Er befand sich bis zum Scheitel unter Wasser, saß fast darin, und an der Oberfläche trieben als Einziges die wirren Gräser seiner

Haare. ›Er sah aus wie eine Meduse‹, berichtete mir Obregón. Er packte die Strähnen mit beiden Händen, und mit seiner ungeheuren Kraft des Stierkampf- und Gewittermalers zog er den Ertrunkenen mit offenen Augen zur Gänze heraus, riesig, anemonen- und rochenschlammtriefend, und warf ihn wie eine tote Alse hinten ins Boot ...«

In Gabriels köstlich-würziger Prosa gab es eine Andeutung, versuchte etwas in den Fakten durchzuschimmern, was in keiner Weise mit dem angeblichen Verschwinden des Gaviero in der Lagune der Ciénaga Grande übereinstimmte: der Alsenfang, der Umstand, dass der Tote nicht zugleich auch Besitzer des Fischerboots war, und die Erwähnung eines Kahns, ein Wort, das man gut für das flache Kielboot verwenden könnte, auf dem sich Maqroll verirrte, das aber nicht das treffende war, und so etwas ist bei Gabo unvorstellbar. All diese Fakten erschwerten oder, besser, widerlegten den Schluss – zu dem zu gelangen gar nicht so abwegig war –, dass es sich bei dem Ertrunkenen um Maqroll handelte.

Ich meinerseits erwähne in dem Prosagedicht, das in *Caravansary* erscheint, ein Küstenwachschiff, welches den flachen Lastkahn mit den beiden Leichen entdeckt, ein Schiff, das in der Version erwähnt wird, die mir über den Tod des Gaviero zugetragen wurde. Da Gabo nicht nur der große Schriftsteller ist, als den wir ihn kennen, sondern sich auch, zu Recht, etwas darauf zugute hält, ein hervorragender Journalist zu sein, darf man davon ausgehen, dass er die Fakten, die er nennt, seinerzeit recherchiert hat. Als Erstes befragte ich natürlich Obregón über meine Zweifel. Er lächelte bloß und brachte die Sprache dann auf etwas anderes. Ich fürchte, die Geschichten, die wir Freunde über ihn verbreiteten, amüsierten ihn nicht nur überhaupt nicht, sondern er empfand sie als Verletzung seiner Privatsphäre.

So liegen die Dinge, und wie immer, wenn es um den Gaviero geht, entzieht sich uns die Wahrheit wie ein Fisch, der uns entschlüpft. Aber niemand kann uns von dem Gedanken abbringen, dass, wenn die von Obregón in der Brackwasserlagune gefundene Leiche tatsächlich diejenige Maqrolls war, seines Gefährten und Komplizen in Cartagena, Curaçao, Kuala Lumpur und Vancouver, die Geschichte mit einer so schönen Präzision schließt, wie sie in einem Menschenleben nicht die Regel ist. Wenn man die Protagonisten so kennt, wie ich sie kenne, passt dieses Ende wunderbar zu ihrem gegensätzlichen Charakter, sodass ich nicht anders kann, als es hier zu erwähnen, natürlich ohne seine Richtigkeit zu verbürgen, aber auch nicht, indem ich es vehement ausschließe. Künstler und Abenteurer pflegen ihr Ende im Voraus so einzufädeln, dass es von ihren Mitmenschen nie eindeutig zu enträtseln ist. Das ist ein Privileg, das ihnen seit Orpheus dem Thaumaturgen und dem listenreichen Ulysses oder Odysseus zusteht.

Hamil

Sinon l'enfance, qu'y avait-il
alors qu'il n'y a plus?
Saint-John Perse

Es gibt im Leben Maqrolls des Gaviero eine Episode, die kaum etwas gemein hat mit denen, die ich im Lauf der letzten Jahre erzählt habe, jedoch einen Wendepunkt im Dickicht seiner Abenteuer bedeutete und ihm in seinem letzten Lebensabschnitt eine Art gelassenes Einverständnis mit seinem Schicksal bescherte, ja ihn dazu brachte, bis zur letzten Konsequenz der Maxime nachzuleben, die erhabenen Geheimnisse des Unnennbaren vorbehaltlos hinzunehmen. Nicht, dass sein Dasein nach diesem Erlebnis, das ich in der Folge schildern werde, keine Schwankungen und Zwischenfälle unterschiedlichster Art und Herkunft mehr erfahren hätte, doch für Maqroll hatten sie nicht mehr diesen Anstrich von Herausforderung, von hartnäckiger, fruchtloser Provokation, wie sie ehedem seine Irrfahrten durch die Welt gekennzeichnet hatten.

Die Begebenheit an sich mag dem Leser vielleicht ganz alltäglich vorkommen, etwas, was jedem von uns geschehen könnte. Aber wenn er über die Vergangenheit unseres Helden Bescheid weiß, wird er sogleich merken, dass das, was uns als eine ganz gewöhnliche Episode erscheinen mag, für Maqroll ein durchaus ungewohntes Erlebnis voller Überraschungen war, die ihm einen bisher unberührten Winkel seines Gefühlslebens offen legten.

Ich hätte die Geschichte direkt, als allwissender, allgegenwärtiger Erzähler wiedergeben können. Aber ich habe es vorgezogen, sie mit den Worten zu berichten, mit denen sie uns Maqroll geschildert hat. Ich habe sie gleich im Anschluss daran aufgeschrieben, denn in ihnen verbergen sich der ganze Schmerz dieser schwierigen Tage und auch die Momente ungetrübten Glücks, die er damals erlebte. Hören wir also, wie ich von dieser Geschichte erfahren habe.

Ich nehme jede Gelegenheit, Cartagena de Indias zu besuchen, mit Freuden wahr, denn meine Erinnerung an diese Stadt ist voller Momente, die mich für den Rest meines Lebens so unauslöschlich geprägt haben, dass ich, wann immer es möglich ist, das Labyrinth seiner Gassen abschreite und an den Aussichtspunkten der stolzen Stadtmauern beim langsamen Ballett des Antillenmeers in Verzückung gerate. Als mein lieber Freund, der Maler Alejandro Obregón, noch unter uns weilte, besuchte ich ihn immer in seinem Haus in der Calle de la Factoría, wo wir uns mit dem Beistand einer Flasche Scotch, die er für seine Freunde bereithielt, auf eine lange Pilgerreise in unsere gemeinsame Vergangenheit machten, die mit Kindheitserinnerungen verschmolz, belgisch die meinen, deutsch die seinen.

Bei einem dieser Besuche in Cartagena klopfte ich genau in dem Augenblick an Alejandros Tür, als einer jener lästigen Regengüsse losbrach, wie sie im Oktober in dieser Stadt so häufig sind. Alejandro öffnete mir persönlich, lächelnd und mit dem Ausdruck eines Kindes, dem man ein unerwartetes Geschenk mitbringt.

»Verdammt! Wie gut, dass du kommst. Auf diesen Vorwand habe ich gewartet, um nicht malen zu müssen und die Überraschung mit einem guten Schluck zu feiern.«

Wir traten ins Atelier und setzten uns in die vertrauten breiten Ledersessel, die mit Farbflecken in allen denkbaren Farben gesprenkelt waren, welche den Kampf des Malers mit dem Stoff seiner Bilder verrieten. An den Wänden hingen seine neuesten Gemälde. Eine traumhafte Magie ging von diesen Engeln in Jungmädchenkörpern aus, blendenden Teenagern, die in malvenfarbenem Halbdunkel aus einer Skala von Grüntönen erstanden, vom zartesten Grün sprießender Blätter bis zum dunkeln des undurchdringlichen Urwalds, alles inmitten einer Explosion intensiver Blau- und in leuchtendes Orange spielender Rottöne. Das war Obregóns neue Welt, eine neue Periode seiner Malerei, die merkwürdig zu dem passte, was ich damals gerade schrieb. Ich gab meiner Begeisterung über diese Bilder Ausdruck, und mit einem besonderen Glanz in den stahlblauen Augen, der größtes Vergnügen spiegelte, antwortete er: »Ich wusste, dass sie dir gefallen würden. Diese Engelinnen erscheinen mir jetzt im Traum, und ich male sie, damit sie mir nicht entwischen können. Was in den Träumen nicht zurückkommt, wird uns auch im andern Leben nicht begleiten.«

Ich war an diese emphatischen Erklärungen meines Freundes gewöhnt, über die man besser nicht nachgrübelte, weil er sich sonst in noch wirreren Diskursen verlor.

Der Regen diente uns als Vorwand, um die Flasche *Dewar's* zu leeren, die Alejandro vor mir auf den mit Pinseln und ausgedrückten Farbtuben übersäten Tisch gestellt hatte. Wie so oft sprachen wir von der schon fernen Jugend und von Freunden, was uns in Zeiten unserer gemeinsamen Vergangenheit zurücktrug. Mitten in diesem Erinnerungsstrom fragte mich Alejandro unversehens: »Und wohin gehst du jetzt?«

Ich erklärte ihm, ich führe nach Spanien in die Ferien.

»Sehr gut – ich habe nämlich einen Auftrag für dich. Es geht um unseren Freund Maqroll. Ich werde dir etwas zeigen, was dich ebenso beunruhigen wird, wie es mich beunruhigt hat.«

Er ging zu einem andern Tisch, der ebenfalls voller Pinsel und Farbtuben war und auf dem in einer Ecke eine Mappe mit allerlei Papieren lag. Er kam mit einem Umschlag zurück und reichte ihn mir wortlos.

Die Marken waren aus Spanien und der Stempel aus Pollensa in Mallorca. Im Umschlag steckte ein Brief in der unverwechselbaren transsilvanischen Handschrift des Gaviero. Es waren einige wenige Absätze, geschrieben auf Briefpapier mit dem Kopf »Gemeinde Sant Jaume. Pater Ferran Alaró. Pfarrer«. Er lautete folgendermaßen:

»Alex,
die Gastfreundschaft meines guten Freundes des Pfarrers missbrauchend, schreibe ich Ihnen diese Zeilen, die Sie wie die legendäre Flaschenpost erreichen werden. Diesmal hat es das Leben geschafft, mir einen ordentlichen Schlag zu versetzen. Es ist nichts, was man schriftlich berichten könnte. Ich bin ein wenig verzagt und verloren. Keiner der Wege, die sich früher jeweils meiner Unruhe anboten, lockt mich jetzt. Wenn Sie herkommen könnten, was ich als ziemlich unwahrscheinlich erachte, wäre es mir eine große Erleichterung, Ihnen zu erzählen, worum es geht, und Ihre Gesellschaft zu genießen. Dasselbe gilt für unseren gemeinsamen Freund, der meine Abenteuer

niederschreibt und von meinen Missgeschicken Zeugnis ablegt. Ich weiß sehr wohl, dass er oft nach Spanien fährt, aus Liebe zu Al-Andalus, den Omaijadenkalifaten und dem Königreich Mallorca, mit denen er uns auf den Geist geht. Wenn Sie ihn sehen, zeigen Sie ihm diese Zeilen. Das ist alles, mein lieber Maler von verwirrenden Lolita-Engeln. Niemand kann so gut verstehen wie Sie beide, was hinter diesen Zeilen stecken mag.

Ein herzlicher Gruß Ihres Freundes –

Maqroll der Gaviero«

So wie ich Maqroll kannte, war der Brief ein kaum verhohlener Hilferuf. Er war kein Mann der Klage. Vielmehr beschränkte er sich darauf, ab und zu ein paar Flüche auf Türkisch oder Französisch auszustoßen und so wieder etwas Ruhe zu finden. Jetzt aber ging es offensichtlich um etwas anderes.

Obwohl Mallorca nicht zu meinen spanischen Urlaubsplänen gehörte, nahm ich mir vor, meinen Freund in Pollensa zu besuchen, und teilte das Alejandro mit. Zufrieden meinte er: »Sehr gut. Das erleichtert mich. Ich weiß, dass es ihm nach einem guten Gespräch besser gehen wird. Niemand ist so geeignet für diese Aufgabe wie du. Und das sage *ich* dir, der ich dir seit so vielen Jahren von meinen Schicksalsschlägen erzähle.«

Auf seinem sonnengebräunten Gesicht erschien eine leichte Rötung. Im Grunde war er sehr schamhaft, und ehrlich gesagt konnte ich mich nicht erinnern, von ihm je ein derartiges Geständnis vernommen zu haben, wenigstens nicht so offen. Schon vor langem war mir klar geworden, dass sich hinter vielen seiner unverständlichen, labyrinthischen Bemerkungen Liebesgeschichten verbergen mussten. Vielleicht vermittelte ihm meine wohlgesinnte Geduld, mit der ich sie mir anhörte, über geheime Kanäle ein gewisses Einverständnis.

Kurz danach hörte es auf zu regnen, und wir verabschiedeten uns mit der innigen, wortlosen Umarmung, mit der wir uns immer trennten, als würden wir uns nie wieder sehen. Der letzte, noch nicht sehr weit zurückliegende Abschied ist mir in unverminderter Betrübnis gegenwärtig.

Als meine Frau und ich in Mallorca eintrafen, war es schon Mitte Oktober, aber noch immer führten die Touristenheerscharen ihre germanische Fülle in den Straßen von Palma spazieren und entblößten sie zum Entsetzen der weisen Insellandschaft an sämtlichen Stränden, die sie überfluten konnten. Carmen hatte von Barcelona aus mit Pfarrer Ferran telefoniert, und er erwartete uns auf dem Flughafen. Da stand er, korpulent und unförmig, gewiss schon über sechzig, und hieß uns mit leicht bäurischer Höflichkeit willkommen, wobei er mit meiner Frau in einem Katalanisch sprach, dem keine allzu große Dosis Mallorquinisch beizumischen er sich bemühte. Von da an fand das Gespräch in dieser Sprache statt. Ich blieb beim Spanischen, verstand aber natürlich, was sie sagten, da ich nach über einem Vierteljahrhundert Ehe mit einer Katalanin darin geübt war. Besonders fiel mir das ausdrucksvolle Gesicht des Pfarrers auf mit seinen buschigen dunklen Augenbrauen und dem stets spontanen, etwas ironischen Lächeln eines Mannes, der lange genug gelebt hat, um nur noch dem Wesentlichen Bedeutung beizumessen und, nachsichtig gegenüber dem Elend unserer Mitmenschen, alles andere beiseite zu lassen. Die dunklen, wachen, auf den Gesprächspartner gerichteten Augen verrieten schon von Weitem das sarazenische Substrat der Inselbewohner.

Der warme Steinkohlenbass verlieh all seinen Worten eine theatralische Eindringlichkeit. Er ergriff den Koffer meiner Frau, und während wir auf ein Taxi zuschritten, das uns nach Pollensa fahren sollte, bemerkte er zufrieden: »Unser Freund erwartet Sie und freut sich auf Ihren Besuch. Ich soll Ihnen ausrichten, Sie möchten ihn entschuldigen, dass er Sie nicht abholen gekommen ist, aber seine Animosität gegen Flughäfen hat hier mit dem Touristenstrom noch zugenommen.«

Das Taxi war ein uraltes Auto, dessen Zustand mich stark daran zweifeln ließ, ob es die Strecke bis Pollensa schaffen würde. Als Pfarrer Ferran mein bedenkliches Gesicht sah, beeilte er sich, mich zu beruhigen: »Machen Sie sich keine Sorgen. Dieses Taxi, auch wenn Sie es nicht glauben, fährt jede Woche die ganze Insel ab und ist noch nie stehen geblieben. Zuständig für dieses Wunder ist sein Fahrer, ein Neffe von mir, der den Seat dem Studium vorgezogen hat. Nun, Gott weiß, wie er es anstellt. Für Roger ist es sehr gut herausgekommen und für mich auch, ich bin nämlich der Besitzer dieses Oldtimers.«

Der junge Fahrer, der inzwischen unser Gepäck im Kofferraum unterbrachte, lächelte uns amüsiert zu und begrüßte uns mit halb zutraulichem, halb zerstreutem Kopfnicken. Er hatte die gleichen Augenbrauen wie sein Onkel und denselben olivenfarbenen Teint, aber sein rabenschwarzes Kraushaar zeugte noch stärker vom Durchzug der Kalifenheere durch die Insel. Er sprach ebenfalls mit einer Bassstimme, die allerdings nicht ganz so tief war wie die seines Onkels, und mit einem noch ausgeprägteren Akzent.

Pfarrer Ferran setzte sich vorn neben seinen Neffen, und wir stiegen in den Fond. Wir schwiegen, während wir durch die noch von Touristen, die den Autos das Durchkommen erschwerten, überschwemmten Straßen der Stadt fuhren. Auf freiem Feld überraschte mich erneut die Helligkeit der mallorquinischen Nacht, die mir eine Art immer ersehnte und selten erlangte innere Ordnung vermittelt. In diesem fernen Weltenleuchten einer friedlichen Fahrt mitten in der Mittelmeernacht liegt etwas Homerisches.

Ich versuchte, den Pfarrer aufs Thema des Gaviero zu bringen und seine Meinung zu der Melancholie zu erfahren, die sich in seinem Brief spiegelte, von dem ich ihn in Kenntnis setzte.

»Es ist besser«, erwiderte er in herzlich-bestimmtem Ton, »wenn er Ihnen alles selbst erzählt. Wie ich schon Ihrer Frau in unserem Telefongespräch sagte, geht es nicht um die Gesundheit des Gaviero und noch weniger um einen finanziellen Engpass. Sie wissen ja, dass er nie einen Céntimo in der Tasche hat, und was man ihm für die Bewachung dieser stillgelegten Werft und der Maschinen bezahlt, die da rost- und salzzerfressen herumstehen, reicht ihm gerade, um in dem kargen Rahmen zu leben, der vermutlich eine Konstante in seinem Leben gewesen ist. Im Tiefsten seiner Seele hat sich etwas verändert, obwohl er die wankelmütigen Ratschlüsse des Schicksals noch immer hinnimmt. Jetzt ist er da und anscheinend fest entschlossen, auf unbestimmte Zeit zu bleiben, aber in den angenehmen Gesprächen, die wir mehrmals wöchentlich führen, lässt er sich keine Gelegenheit entgehen, mit offenkundiger Sehnsucht ferne Häfen oder illusorische Unternehmungen in den abgeschiedensten Winkeln der Erde zu erwähnen. Da ist keine Dame im Spiel«, fügte er mit kumpelhaftem Lächeln an meine Frau gewandt hinzu. »Aber mehr darf ich Ihnen jetzt nicht sagen – ich möchte, dass Maqroll Ihnen selbst erzählt, welches die Prüfung war, die er durchmachen musste, und wie sie in seiner Seele nachgewirkt und einen Eindruck von Nutzlosigkeit und Niederlage zurückgelassen hat, der, soweit ich sehe, für ihn ganz ungewöhnlich ist.«

Wir sprachen von etwas anderem. Ich fragte den gebildeten Geistlichen nach seiner Bibliothek zur Geschichte des Königreichs Mallorca. Mit unverhohlener Befriedigung antwortete er, es handle sich um die vollständigste, die sich in Privatbesitz befinde, und begann mir seine seltsame Theorie auseinander zu setzen, dass die ganze Geschichte des christlichen Abendlandes entweder in Mallorca ihren Ursprung oder in ihren kritischsten Momenten mit Mallorca zu tun gehabt habe. »In Mallorca«, sagte er, »sind gewisse Schlüsselereignisse geschehen, die das moderne Europa geformt haben.« So dargestellt, wies die Theorie nicht wenige Schwachpunkte auf, und ich fühlte mich versucht, mit ihm einige davon zu diskutieren. Doch schon kam der Seelsorger von Sant Jaume auf meine Erzählungen, deren Protagonist der Gaviero ist, und meine Gedichte zu sprechen, wo Maqroll von seinem Wanderleben erzählt. Er wies mich darauf hin, dass ich seiner Meinung nach im Charakter unseres gemeinsamen Freundes noch vieles zu entdecken habe, und warf mir, nicht ohne Takt, vor, sehr schnell über Maqrolls Gedanken zu einigen Episoden der Geschichte hinweggegangen zu sein, die der Gaviero, so der Pfarrer, besser kenne, als ich es in meinen Büchern darstelle. Ich bemühte mich, ihm klar zu machen, dass ich in diesem Fall immer versucht hätte, von der Entwicklung historischer Thesen Abstand zu nehmen, die den Geist meiner Erzählungen und erst recht meiner Gedichte verzerrt hätten. Er antwortete bloß, wenn ich es getan hätte, wäre das die Gelegenheit gewesen, einen Aspekt von Maqrolls Persönlichkeit richtig zu stellen, den er vor der Neugier der Menschen zu verbergen pflege.

»Der Gaviero«, sagte er, »ist ein geborener Anarchist, der sich als solchen nicht zur Kenntnis nehmen mag oder von dem man nicht weiß, dass er es ist. Seine Vorstellung vom Aufenthalt des Menschen auf Erden ist noch bitterer, als er es im täglichen Umgang durchblicken lässt. Neulich habe ich ihn etwas sagen hören, was mich verblüfft hat: ›Das Verschwinden dieser Spezies wäre eine beträchtliche Erleichterung für das Universum. Kurz nach ihrem Aussterben würde unsere unheilvolle Geschichte dem völligen Vergessen anheimfallen. Es gibt Insekten, die in der Lage sind, weniger vergängliche und fatale Zeugnisse von ihrer Existenz zu hinterlassen als der Mensch.‹ Natürlich habe ich ihn mit theologischen und historischen Argumenten zu widerlegen versucht, doch mit der Bestimmtheit eines Mannes auf der Kommandobrücke, mit der er jegliche Diskussion im Keim zu ersticken versteht, hat er nur geantwortet: ›Sie, mein lieber Pfarrer Ferran, sind mit einem Glauben und einer religiösen Tradition gepanzert, die Sie wirksam vor jedem Zweifel schützen. In meiner Jugend war ich das auch, aber mein Panzer ist zerfallen wie eine faul gewordene Rinde. Da oben, auf dem höchsten Mast, dem Beobachtungsposten des Marsgastes, der den Horizont erforscht, verflüchtigt sich jedes Geheimnis, wenn die Triele und Möwen vorbeiziehen und der Wind das Segelwerk zum Knattern bringt. Nichts in uns bleibt bestehen. Glauben Sie mir.‹ Jetzt werden Sie begreifen, dass er mir nicht groß Gelegenheit gab, das Gespräch auf diesem Weg weiterzuführen. Das Bewundernswerte ist, dass er es bei so viel seelischem Schiffbruch geschafft hat, sich seine standhafte, unzimperliche Rechtschaffenheit zu bewahren. Das ist ein weiteres Rätsel unseres Freundes.«

Es fiel mir auf, wie gut Pfarrer Ferran Maqroll kannte, und ich dachte, nicht ganz neidlos, an die lebhaften, unendlichen Plaudereien, in denen diese Freundschaft allmählich entstanden war, die auf gemeinsamen Interessen in historischen Belangen und den einfachen, aber immer beunruhigenden, aufschlussreichen Anekdoten des täglichen Lebens der Menschen beruhte.

Nach den Worten des Geistlichen trat ein langes Schweigen ein. Der Pfarrer begann vor Müdigkeit und über dem Gerüttel des Autos einzunicken. Eine halbe Stunde später gelangten wir nach Pollensa.

Die Lichter der Stadt spiegelten sich im ruhigen Wasser der Bucht. Die an den Molen des Jachtklubs vertäuten Boote schaukelten träge, und ihre Trossen ächzten ohnmächtig und schläfrig.

Wir stiegen in einem bescheidenen Hotel ab, wo uns Pfarrer Ferran ein Zimmer mit Meersicht reserviert hatte. Die Besitzerin war eine entfernte Kusine von ihm, Doña Mercè, eine stattliche, freundliche und wortkarge Frau, immer in schwarzer Kleidung, mit der sie ihren Witwenstand besonders hervorhob. Sie hatte für uns ein Abendessen vorbereitet, was uns begeisterte, da die Reise unseren Appetit angeregt hatte. Während letzte Hand angelegt wurde, beschloss ich, Maqroll begrüßen zu gehen. Der Neffe des Pfarrers fuhr mich zu der stillgelegten Werft, wo der Gaviero als Aufseher tätig war.

Bei den halb zerfallenen Bauten schien alles dunkel und verlassen. Das Trockendock entblößte die Stummel seiner ehemaligen Betonstruktur, und das Holzgerüst war unter der Einwirkung der Witterung eingefallen. Ein Schuppen aus verrosteten Blechen musste die ehemaligen Büros beherbergt haben. Der Fahrer tippte kurz auf die Hupe. In einem Fenster des zweiten Stocks, das teilweise mit Kartons verdeckt war, welche die seit weiß Gott wann zerbrochenen Scheiben ersetzten, ging eine Handlaterne an, deren Licht uns einen Moment lang beleuchtete.

»Komme gleich«, hörte man die unverwechselbare Stimme des Gaviero mit ihrem mediterranen, wohlklingenden, tadellos artikulierten Tonfall sagen. Trotzdem oder vielleicht gerade deswegen hielt man ihn oft für einen Südfranzosen. Durch die Ritzen zwischen den Blechen sahen wir das Licht über Besorgnis erregend knarrende Treppen herunterwandern. Maqroll knipste die von einem Drahtnetz geschützte Glühbirne über der Eingangstür an. Das Licht fiel voll und schonungslos auf sein Gesicht.

Ich konnte nicht verbergen, welchen Eindruck seine Züge auf mich machten. Nicht, dass auf einmal die Jahre über ihn hereingebrochen wären. Ich dachte eher an eine weitere der Fieberkrankheiten, die ihn immer so erbarmungslos heimsuchten. Er bemerkte meine Reaktion, versuchte das Ganze aber mit einem keineswegs überzeugenden Lächeln herunterzuspielen. Er bedankte sich beim Fahrer, dass er mich hergebracht hatte, wollte ihn wegschicken und bat mich in sein baufälliges Haus. Der Fahrer sagte zu mir, er warte lieber hier – so laute Pfarrer Ferrans Anweisung, und das Essen sei in einer guten halben Stunde fertig. Der Gaviero zuckte die Schultern zum Zeichen des Einverständnisses, und wir stiegen die Treppen hinan, die bei jedem Schritt einzustürzen drohten. Auf dem ersten Absatz traten wir in einen Raum, der einmal als Büro gedient haben musste und nun die Wohnung des Aufsehers war.

Auf einem breiten Ledersofa hatte Maqroll sein Bett eingerichtet, das heißt zwei reichlich abgenutzte Decken und ein Kopfkissen mit undefinierbaren Flecken. Er stellte die Laterne auf einen wackligen, mit Büchern beladenen Tisch und zündete eine Petroleumlampe an, die mitten im Zimmer an einem Haken hing. Auf einem ehemaligen Schreibtisch standen einige Tassen, zwei Gläser und mehrere Blechdosen, in denen er wohl Pulverkaffee, Zucker und andere Lebensmittel aufbewahrte, alles um einen Spirituskocher herum angeordnet. An den Wänden hingen Pläne der verschiedenartigsten Schiffstypen in allen Größen, von riesigen Frachtern mit zwei Schloten bis zu dreimastigen Segelschiffen. Man sah auch Pläne von Dieselmotoren und Umrisse von Schiffsrümpfen und Mastenwerk, alles in einem heruntergekommenen Zustand, sodass man das Gefühl hatte, alles stürze jeden Moment ein. Doch die Atmosphäre entsprach genau Maqrolls Leben und Gewohnheiten, und ich vermutete, es sei sogar wohnlich für ihn, da ich wusste, in welchen Löchern er viele Jahre seines Lebens zugebracht hatte. Ich hatte ihn in elenden Höhlen im tiefsten Amazonien oder im Chaco besucht, in schrecklichen Mansarden in Amsterdam und Vancouver oder in stinkenden Wohnungen der sumpfigen Elendsviertel von Guayaquil oder Buenaventura. Dagegen kam mir die Werft von Pollensa als geradezu komfortable Unterkunft vor, wo er seine Lieblingsbücher um sich hatte, die von berühmten Leben und vergessenen Kriegen erzählten.

Von einem wackligen Lehnstuhl, dem ein Rad fehlte, entfernte er einen Stapel Schiffbauzeitschriften, die seit

Jahren dort liegen mussten, und forderte mich dann auf, Platz zu nehmen. Ich kannte ihn und wusste also, dass ich mit Vorteil nicht gleich auf den Grund unseres Besuches zu sprechen kam. Wir unterhielten uns über Alejandro Obregón, und ich erwähnte kurz den Brief, den dieser erhalten hatte. Maqroll ging nicht darauf ein und fragte mich, was Alex denn jetzt so male. Wir ließen die verschiedenen Schaffensperioden unseres gemeinsamen Freundes an uns vorüberziehen und kommentierten, wie er Zweibandenbrassen und Kondore aufgegeben hatte, um in eine paradiesische Welt voller Engel mit weiblichen Formen einzutreten. Maqroll sagte: »Eines Tages wird er auch diese verwirrenden Wesen sein lassen. Wissen Sie, was Alex' Problem ist? Es ist ganz einfach, aber es gibt keine Lösung dafür. Er träumt davon, eines Tages das Leben zu malen, nicht die alberne Alltagsroutine der Menschen, sondern das Leben, das wirkliche, das nur im kategorischen Verstummen des Todes eine Antwort findet. Dieses Vorhaben wird nie Wirklichkeit werden, aber jemand wie er würde eine solche Niederlage auch nie akzeptieren können. Er wird dabei draufgehen, aber davon ablassen wird er nicht. Sie wissen genau, dass es so ist. Das Leben bricht über uns herein wie eine blindwütige Bestie. Es verschluckt die Zeit, die Jahre unseres Daseins, saust wie ein Taifun vorbei und lässt nichts übrig. Nicht einmal die Erinnerung, denn die Erinnerung besteht aus derselben ungreifbaren, schnelllebigen Substanz, mit der die Luftspiegelungen erscheinen und wieder verschwinden. Und wie will es jemand schaffen, so was zu malen.«

Bei den tiefen Tönen der einzelnen Sätze zitterte seine Stimme leicht. Etwas zeigte mir, dass das der Moment war, zur Sache zu kommen.

»Nun«, sagte ich, »da wir uns so lange nicht mehr gesehen haben, schien es mir eine gute Gelegenheit, diesen Urlaub zu nutzen, um herzukommen und einige Dinge mit Ihnen zu besprechen, die seit unserer letzten Begegnung noch unerledigt sind. Außerdem muss ich Ihnen gestehen, dass mich das, was Sie Obregón über Ihren Gemütszustand geschrieben haben, ein wenig beunruhigt hat, und, nun ja, da sind wir. Wir haben alle Zeit der Welt zur Verfügung. Sie kennen ja meine Schwäche für Mallorca und die alten Wurzeln, die mich an dieses Land binden. Und ehrlich gesagt, hat uns Pfarrer Ferran, der mir den Eindruck eines sehr wertvollen Menschen macht und Sie gern hat, noch gar nichts gesagt. Ich habe das Gefühl, es ist ihm lieber, Sie erzählen uns selbst, was Ihnen zugestoßen ist. Ich kann mir nicht vorstellen, was es sein mag. Ich dachte schon, ich wäre darüber hinaus, mit Ihnen noch Überraschungen zu erleben.«

»Das dachte ich auch«, antwortete der Gaviero, den Blick in eine unbestimmte Ferne gerichtet, »aber ich habe mich jämmerlich geirrt. Wenn es dann ans Sterben geht, werden uns noch weitere ungeahnte Überraschungen erwarten. Aber wo ist Ihre Frau? Ist sie nicht mit Ihnen nach Pollensa gekommen?«

Dass er die Frage so unvermittelt stellte, als erwachte er aus einem schlechten Traum, zeigte mir, dass er mir an diesem Abend kein Wort von seinem Erlebnis erzählen würde. Aus irgendeinem Grund, den ich in diesem Augenblick nicht verstand, benötigte er dazu die Anwesenheit einer Frau. Der Gaviero selbst ließ es sich angelegen sein, meine Intuition zu bestätigen.

»Diese Geschichte würde ich lieber in Anwesenheit Ihrer Frau Gemahlin erzählen. Nur Frauen können den

Grund der kindlichen Seele enträtseln. Und darum geht es jetzt – darin sind wir Männer wie in vielen anderen Gefühlsangelegenheiten absolute Tollpatsche. Morgen werden wir uns von Doña Mercè, die auch eine Freundin von mir ist, im Hotel eine gute mallorquinische Suppe und einen Fisch zubereiten lassen – mit Fischen kann sie unübertrefflich umgehen. Auf der Terrasse, mit Blick aufs Meer, werden wir uns so lange unterhalten wie nötig. Ich werde zu Ihnen kommen. Schicken Sie mir nicht Pfarrer Ferrans Taxi. Ich gehe diesen Weg immer zu Fuß, die Bucht entlang. Das Meer ist in meinem Leben stets ein unfehlbarer Ratgeber gewesen. Sie wissen das ja genau.«

Die Anspielung auf die kindliche Seele und die weibliche Fähigkeit, sie auszuloten, beunruhigte mich etwas. Aber wie sehr ich mir darüber auch den Kopf zerbrach, es gelang mir nicht, zu erraten, in welchem Labyrinth sich unser Freund verirrt hatte. Das einzig Offensichtliche war, dass er eine ihm bisher nicht bekannte Prüfung durchmachte. Das zeigten die wehrlose Bestürzung in seinem Blick und eine gewisse dumpfe Erregung, die er um jeden Preis zu verbergen trachtete. Die Augen eines ruhenden Derwischs waren in den Höhlen versunken, als wollten sie erlöschen. Über seine Stirn wanderten Schatten, die sich in keinem bestimmten Ausdruck festigten, und die Lippen versuchten sich mit aller Kraft zu schließen, als wollten sie eine unverdiente, dunkle Strafe abweisen.

Wir sprachen noch ein wenig über Nebensächlichkeiten weiter, und dann begleitete er mich zum Wagen. Dort verabschiedete er sich mit Worten, in denen ich den alten Maqroll erkannte: »Ich wusste, dass Sie kommen würden. Sie würden sich nicht so einfach eine weitere Geschichte von mir entgehen lassen. Aber diese wird Sie an einen

Punkt führen, den Sie sich nicht vorstellen können. Vielen Dank, dass Sie auf meinen Ruf geantwortet haben. Grüßen Sie Ihre Frau Gemahlin ganz herzlich von mir.« Mit einer kraftlosen Handbewegung schloss er die Autotür und trat dann wieder in das verfallene Gebäude. Ich wartete, bis das Licht im Fenster seines Refugiums ausging, und fuhr etwas weniger beunruhigt und misstrauisch weg, als ich angekommen war.

Als ich an diesem Abend meiner Frau vom Gespräch mit dem Gaviero berichtete, gab sie nur auf eine rätselhafte Art eine Prophezeiung, welche sich später mit der Präzision bestätigte, an die ich seit Jahren gewöhnt bin: »Das Schlimmste hat er schon überstanden. Jetzt sucht er eine Möglichkeit, seinen gewohnten Weg wieder zu finden. Mir scheint, er hat eine dieser Prüfungen durchgemacht, für die die Männer nicht geschaffen sind, da ihnen gewisse Dinge fehlen, die wir Frauen haben.«

Am nächsten Tag erschien Maqroll gegen ein Uhr mittags im Hotel. Doña Mercè begrüßte ihn liebevoll und lauschte seinen Anweisungen für ein außergewöhnliches Essen, wie nur sie es zuzubereiten verstand. In unserem Zimmer hörten wir das Gespräch mit an und konnten feststellen, wie flüssig Maqroll schon Mallorquinisch sprach. Als wir auf die Terrasse hinuntergingen, fanden wir ihn an einem Tisch in einer Ecke sitzen, etwas entfernt von den andern. Er trank in bedächtigen Schlucken einen Weißwein, den er sich aus einer Karaffe aus Inselkeramik mit grellgelben Verzierungen einschenkte. Im Tageslicht waren die Spuren der Verlassenheit in seinem von sämtlichen Klimas gezeichneten und den Stürmen aller Meere, die ihn seit seiner frühesten Jugend gesehen hatten, gepeitschten Gesicht überdeutlich zu erkennen. Seine

Stimme brach noch immer, wenn sie die rauen, tiefen Register streifte, was, seit ich ihn kannte, ein Hinweis darauf war, dass er sich in einer schwierigen Lage befand.

Er begrüßte meine Frau mit einem angedeuteten Handkuss und lud uns ein, uns mit Sicht auf den Strand zu setzen, der glücklicherweise noch nicht von den Touristenhorden heimgesucht war. Im Hintergrund ankerten an den Molen des Jachtklubs Boote verschiedenster Größe und Herkunft.

»Dieser Weiße«, erklärte der Gaviero, »stammt aus einem kleinen Weinberg, der Pfarrer Ferrans Familie gehört. Er ist ein wenig herb und rau, aber diesen Geschmack nach sonnigem Boden, der ihm eine unerwartete Noblesse gibt, schätzt man schnell. Versuchen Sie ihn ohne Vorbehalt, ich glaube, er ist einigen katalanischen Weißen ebenbürtig, die Sie schon als Mädchen gekannt haben müssen.« Maqroll spielte immer gern auf das Land meiner Frau an. Diesmal tat er es, wie ich spürte, um ein gewisses Einverständnis zu schaffen, das für ihn unerlässlich war.

Die Tugenden des von Maqroll gelobten Weins erschienen mir nicht so offensichtlich wie angekündigt, aber wir tranken ihn weiter, bis das Essen kam, und aßen dazu köstliche frittierte Sardellen, die uns die Besitzerin als Vorgeschmack auf weitere Küchenwunder auftischte.

Wir sprachen von unserer Reise und dem Plan, Cádiz erneut einen Besuch abzustatten. Der Gaviero verlor sich abermals in einer langen Abhandlung über Alejandros Malerei. Dann lobte er seine ungewöhnlichen Eigenschaften als Partner bei nicht zu beichtenden Abenteuern. Ganz offensichtlich versuchte er Zeit zu gewinnen, bis das Gespräch die vertrauliche Note gewänne, die er für das brauchte, was er uns erzählen wollte. Anfänglich war seine Unruhe offensichtlich, ebenso sein Bestreben, die Aufmerksamkeit meiner Frau und ihre Sympathie für die Geschichte zu gewinnen, die uns erwartete. Doña Mercè trug persönlich die dampfenden irdenen Näpfe mit der mallorquinischen Suppe auf. Bei ihrem Kommen und Gehen wandte sie kein Auge von Maqroll ab. Es war nicht zu übersehen, dass sie wissen wollte, wie er sich diesmal verhalten würde, bei uns, die wir noch nichts von seiner jüngsten Prüfung wussten.

Zum Nachtisch erschien Pfarrer Ferran. Er lobte die Crema Catalana, die uns Doña Mercè auftrug, und setzte sich neben den Gaviero. Das schien das Zeichen zu sein, auf das wir alle gewartet hatten, damit Maqroll mit seiner Erzählung beginnen konnte. Eine leichte Brise strich über die Bucht. Der Gaviero fuhr sich mit den Händen durchs grau melierte kräftige Haar, als bereitete er sich darauf vor, eine schwierige, aber unausweichliche Aufgabe anzupacken. Nachdem er bei Doña Mercè einen weiteren Krug Wein und für alle Kaffee bestellt hatte, fing er an.

»Vor etwas mehr als einem Jahr bekam ich einen Brief aus Port-Vendres. Noch bevor ich ihn öffnete, verursachte mir der Herkunftsort schon ein leicht erklärliches Unbehagen. Viele Jahre zuvor war ich zu meinem Pech dort gestrandet, und zwar als überzähliger Matrose auf einem Frachter mit türkischer Flagge. Ich hatte mich in Saloniki mit falschen Papieren eingeschifft, die mich als belgischen Staatsbürger auswiesen. Anfänglich hatte der Kapitän meinen Dokumenten keine weitere Beachtung geschenkt, aber als der Bootsmann sie genauer prüfte, roch er den Braten und beschwor mich, im nächstbesten Hafen das Schiff zu verlassen. Ich konnte ihn überreden, mich nicht in Tripoli abzusetzen, unserem nächsten Anlaufhafen. Dort hätte ich nur wenige Stunden überlebt. Das ist eine lange Geschichte, die ich ein andermal erzähle, wenn Sie finden, es lohnt sich. Danach legten wir in Genua an, doch die Hafenbehörden wollten mich nicht aufnehmen. Anscheinend gab es dort noch Polizeiberichte von gewissen Vorfällen, die ich für verjährt gehalten hatte. Nun, ich habe kein leichtes Leben gehabt, und Sie kennen meine Neigung, die Gesetze auf meine Art auszulegen. Wie auch immer, der nächste Zwischenhafen war Port-Vendres. Dort sollte das Schiff eine Gruppe französischer Emigranten aufnehmen, die ihr Glück in Tunis versuchen wollten. In jenen Jahren war das der unumgängliche Ausgangspunkt für die Welle der Auswanderer, die sich seit Jahrhundertbeginn in weniger kriegs- und wirtschaftskrisengeschüttelten Ländern, die andererseits auch nicht so weit von ihrem Heimatland entfernt waren, ein besseres Leben erhofften. In Port-Vendres schaffte ich es, dass mich die Behörden aufnahmen, freilich nur unter der Bedingung, innerhalb von zehn Tagen nach Algier weiterzureisen. Ich unterschrieb ein Papier, wo ich mich unter Eid dazu verpflichtete, und so ließen sie mich an Land.

Port-Vendres hatte damals noch nicht den Anstrich von bescheidenem Urlaubsort, der auch heute noch nicht sehr überzeugend ist. Es war ein heruntergekommenes Nest, das ausschließlich von der Durchreise der Auswanderer nach Nordafrika lebte. Man konnte den Eindruck bekommen, das Dorf gehöre in seiner Gesamtheit der bekannten Compagnie de Navigation Paquet, die den Transit der Migranten praktisch monopolisierte, deren Elend und Ungeduld, abzureisen den Hafen als einen Ort der dramatischen Dauerkatastrophe erscheinen ließ. Was jedoch meinerseits an Wahnsinn grenzte, war die Vorstellung, irgendeine feste Arbeit zu finden, die mich von dem auf der Polizei unterschriebenen Versprechen entbinden würde – in einem Dorf, wo jedermann zum Weggang entschlossen war, egal, was er dabei zurückließ. Sämtliche Geschäfte standen kurz vor der Aufgabe oder waren zu verzweifelten Bedingungen zum Verkauf ausgeschrieben. Sie wissen ja, dass ich schreckliche Krankheiten durchgemacht und oft Hunger gelitten habe, und das zu einem guten Teil in einem so anziehenden Klima wie demjenigen Alaskas, Feuerlands, Amazoniens, des Ödlands der Anden oder der Mangrovensümpfe von Louisiana, um nur einige der Höllen zu nennen, wohin mich das Schicksal sozusagen verschlagen hat. Vermutlich können Sie mir nur schwer glauben, dass es in Port-Vendres war, wo ich mich dem Ende am nächsten fühlte. Als die wenigen Francs aufgebraucht waren, mit denen mich die Türken abgefertigt hatten, versuchte ich wie versprochen nach Tunis oder Algier abzureisen. Aber wegen einer dieser verdammten Ungereimtheiten der französischen Bürokratie, die mich immer an den schrecklichen Colbert erinnert, den Madame de Sévigné ›le Nord‹ nannte, und die in diesem Land unvorstellbar hartnäckig fortdauert, erfuhr ich, dass ich nicht nach Nordafrika fahren konnte, da ich nicht französischer Staatsbürger war und nicht über weiß Gott welche von der Kolonialregierung, deren bürokratische Hysterie geradezu demente Züge hatte, unterschriebenen Genehmigungen verfügte. Nie werde ich den kleinen Beamten mit der pockennarbigen Haut und den Zügen einer anämischen Ratte vergessen, der mir mit verpestetem Atem sagte: ›Sie werden niemals dorthin fahren.

Da gibt es einen Stempel, den nach Erledigung sämtlicher Formalitäten *ich* anbringen muss. Und das würde ich nie tun, denn dort wollen wir keine Leute wie Sie. Wir Franzosen sind es, die den Krieg gemacht und ein Anrecht auf diese Länder haben. Wer wie Sie von nirgendher kommt, kann auch dorthin gehen, nämlich nirgendhin, so wie Sie es verdienen.‹ Er schloss den Schalter so rabiat, dass es mich an die Guillotine und die ›tricoteuses‹ des Jakobinerterrors erinnerte.

Einige wenige Tage arbeitete ich als Kellner in einem Café. Als es schloss, nahm man mich in einer Werkstätte auf, die die Kräne der Compagnie Paquet reparierte. Ich war Ersatzmann in der Nachtschicht. Nach einer Woche hatte es die Gewerkschaft geschafft, dass man mich feuerte. Ich versuchte mir mit andern Mitteln meinen Lebensunterhalt zu verdienen, ich weiß nicht mehr genau, mit welchen, bis ich eines Tages in einer Ecke auf der Treppe liegend erwachte, die zur Place de l'Obélisque führt. Am Vortag hatte ich keinen einzigen Bissen in den Mund bekommen, obwohl ich mich erdreistet hatte, an jedem Tisch der wenigen noch geöffneten Hafencafés um ein Almosen zu betteln. Ohne bestimmte Absicht ging ich auf die Molen und begann um die Einrichtungen herumzustreichen, die die Emigranten aufnahmen, ehe diese ihre Schiffe stürmten. Der Bewusstlosigkeit nahe, lehnte ich mich an ein großes Fenster mit weiß gestrichenen Scheiben. In einer der unteren Ecken war die Farbe abgekratzt worden, um einem Schild Platz zu machen, mit dem man einen Gehilfen zur Reinigung der Unfallstation zuhinterst in den Schuppen suchte, die als Wartesaal dienten. Ich nahm den Schlauch, der von einem der Kräne hing, und betätigte die Pumpe, um zu trinken. Den Magen voller

Wasser und vorübergehend von der Übelkeit befreit, ging ich zu dem angegebenen Ort.

Ich klingelte diskret, und es öffnete mir eine Frau, die mich wieder an die Strickerinnen bei der Guillotine erinnerte. Sie hatte keinen einzigen Zahn mehr, sodass ihre Worte nur sehr schwer zu verstehen waren. Schließlich deutete ich mit Handzeichen auf das Schild im Fenster. Unverständliche Flüche und Proteste murmelnd, ließ sie mich herein und brachte mich in ein kleines Sprechzimmer. Hinter einem einst weißen Wandschirm erwartete mich der mir unvergessliche Maître Pascot, wie er sich von allen nennen ließ. Ich habe niemanden sonst kennen gelernt, der allein mit seinem Verhalten und seinen Zügen so vollkommen blenden konnte: korpulent und rosig, mit einem ewigen wohlwollenden Lächeln, das sich übers ganze bartlose Gesicht bis zu den blassblauen Augen ausbreitete, deren grundlose Lebhaftigkeit für jemanden, der ihn genau betrachtete, ein erstes Alarmzeichen war. Dr. Pascot hatte die ganze Mimik und alle körperlichen Merkmale dessen usurpiert, was man in der französischen Medizinwelt ›un grand patron‹ nennt. In Wirklichkeit war er ein geriebener Schurke, fähig, den geduldigsten und ausdauerndsten seiner Untergebenen zu entkräften.

Die fragliche Arbeit, die ich als Rettungsanker sofort annahm, bestand in der gewissenhaften Reinigung der Unfallstation, die von irgendeinem Wohltätigkeitsverein unterhalten wurde, um den Auswanderern zu helfen, welche ärztliche Betreuung benötigten. Die Flut der Familien auf Durchreise zu den Schiffen nahm während vierundzwanzig Stunden nicht ab. Sie kamen aus sämtlichen Ecken Frankreichs, größtenteils jedoch aus dem Süden. Die Kundschaft von Maître Pascots Ambulanz setzte sich zusammen aus Frauen kurz vor der Niederkunft, Männern, die bei den ständigen Schlägereien verletzt worden waren, in denen sie ihren Platz in den endlosen Schlangen vor jedem Schalter zu behaupten versuchten, Kindern mit Keuchhusten, Blattern oder fortgeschrittener Dehydratation, Alkoholikern in akuter Krise und einigen Opfern unheilbarerer Krankheiten, die fortwollten, um im Paradies am andern Ufer des Mittelmeers zu sterben. Wie Dr. Pascot mit einem Nachdruck, der keinen Widerspruch duldete, mehrmals betonte, musste der Raum stets im Zustand vollkommener Sauberkeit und Hygiene gehalten werden. Die Patienten gaben sich Tag und Nacht die Klinke in die Hand. Ich würde keine Ruhetage haben, da ich als Einziger für diese Aufgabe zuständig wäre, die der eines Ziehbrunnenpferdes glich. Die Mahlzeiten müsste ich im Saal selbst einnehmen, zwischen einem Patienten und dem nächsten. Natürlich bekäme ich auch nur einen Hungerlohn, der aber immerhin für drei frugale, rasche Mahlzeiten täglich und ab und zu ein gebrauchtes Kleidungsstück aus einem der Trödlerläden reichen würde, die es auf den Molen zuhauf gab. An dem Tag, als ich meine Arbeit aufnahm, sagte ich zu Pascot, ich hätte seit achtundvierzig Stunden nichts gegessen. Der Mann fuhr mit der Hand in die Tasche seines Kittels und gab mir zwei Francs mit den Worten: ›Gehen Sie ins Café gleich hinter dieser Tür und kommen Sie in einer halben Stunde wieder. Das ist das erste und letzte Mal, dass ich so was für Sie tue. Sie zahlen sie mir am nächsten Wochenende zurück, wenn Sie Ihren Lohn kriegen. Ich vertrete eine Wohltätigkeitsinstitution, bin aber nicht diese Institution. Das sind zwei Paar Stiefel. Verstehen Sie?‹

Ich hatte es sehr genau verstanden, und die folgenden Tage machten es mir noch deutlicher. Ich erspare Ihnen die Einzelheiten meines Lebens in Port-Vendres und meiner Arbeit in dieser Unfallstation und der Betrügereien, die ich diesen Pascot begehen sah, um seine Opfer auszusaugen. Wenn er Kranke empfing, lautete sein erster Hinweis: ›Meine Dienste hier sind vollkommen unentgeltlich, aber die Medikamente, die ich Ihnen verschreibe, müssen Sie bezahlen. Ich werde sie Ihnen selbst geben, damit sie Sie billiger zu stehen kommen als in der Apotheke.‹

Ich sah mehr als einen Auswanderer, der sich wutentbrannt auf diesen Tartüff stürzen wollte, aber immer hielt sie sein gelassener, lächelnder Blick und seine kräftige Statur in Schach, die man unter seinem makellosen Kittel erkennen konnte. Andere zogen sich unter Tränen zurück. Ganz offensichtlich fehlte ihnen das Geld, um die von Pascot verschriebenen Mittel zu kaufen.

Als ich ihn fragte, wo und wann ich schlafen würde, erklärte er mit engelhaftem Gesicht: ›Jeden Tag gibt es eine oder zwei Geburten. Die dauern in der Regel mehrere Stunden. Dann brauche ich Sie nicht, sodass Sie in dieser Zeit schlafen können. Fragen Sie im Fundbüro nach Monsieur Grancier. Sagen Sie, ich hätte Sie geschickt, und er wird Ihnen einen ruhigen Winkel anweisen.‹

Diese Dienstleistung erbrachte Grancier, eine perfekte Kopie des Chefs, nicht umsonst. Er vermietete stundenweise die schmutzige Pritsche, auf der er hinter einem Berg von Koffern und sonstigen Gepäckstücken selbst schlief. Mitten im Gezeter der Passagiere, die so kurz vor dem Einschiffen Opfer einer nur zu verständlichen Hysterie waren, versuchte ich einzuschlafen. Todmüde fiel ich jeweils hin, bis mich Grancier mit einem leichten Fußtritt in die Hüfte weckte, um mir mitzuteilen, dass man mich in der Praxis erwartete. Wortkarg und mit seinem

Spitzbubengesicht hörte er sich die Klagen der Leute an, die nach irgendeinem verlorenen Stück fragten. Dann zuckte er immer bloß die Schultern und schüttelte den Kopf, während seine Augen flüchtig über die ihn umgebenden Gepäckberge glitten. Man konnte sich an den Fingern abzählen, dass dieser Halunke ein eifriger Beliefe- rer der Trödler auf den Molen war.

Das also war mein Leben während vier höllischer Monate, in denen ich, als wäre das noch nötig gewesen, am eigenen Leib erfuhr, bis zu welchen Grenzen ein Mensch schäbige Grausamkeit und bodenloses Elend ertragen kann, ohne sich umzubringen oder kriminell zu werden. Wie durch ein Wunder der Götter gelang es mir, von dort wegzukommen. Eines Abends erschien in der Unfallstation ein dänischer Kapitän, der sich eine Schulter ausgerenkt hatte, als er im Maschinenraum irgendein Manöver machte. Der Mann kam mir irgendwie bekannt vor. Pascot hieß mich den Patienten festhalten, während er die Achsel wieder einzurenken versuchte. In seinen ganzen schmerzhaften Zuckungen schaute mich der Kapitän fest an. Als er verbunden war und die vom Arzt verabreichten Schmerzmittel zu wirken begannen, sagte der Däne mit kaum hörbarer Stimme: ›Maqroll. Maqroll der Gaviero. Was zum Teufel machen denn Sie hier? Erkennen Sie mich nicht? Ich bin Olrik, Nils Olrik, der Kapitän der *Skive.*‹ Wir waren alte Freunde. Ich hatte mehrmals für ihn gearbeitet, wie ich schon einmal erzählt habe.«

Natürlich erinnerte ich mich genau an die Episoden, da sich Olrik am Nomadenleben des Gaviero beteiligt hatte. Dieser setzte seine Erzählung fort:

»Ich schilderte ihm meine Lage und dass mich die fehlenden Papiere zum Sklaven Pascots und seiner abgefeimten Schurkereien machten. Er fragte mich, ob ich einen Vertrag oder sonst etwas Bindendes unterschrieben hätte. Ich verneinte, worauf er mir ohne Umschweife vorschlug, mit ihm zu kommen. In einigen Stunden würde sein Schiff die Anker lichten. Wegen der Papiere brauche ich mir keine Sorgen zu machen. Er werde mich als Besatzungsmitglied heuern, er wisse auch schon, wie. All das sagte er mir natürlich auf Deutsch, damit der Arzt nichts mitkriegte und nicht auf die Idee käme, mir eins auszuwischen. Arm in Arm verließen wir die Notfallstation. Der Mann glotzte uns verblüfft an, kratzte sich den massigen Schädel und wiederholte nur belämmert: ›*Pas possible, pas possible.*‹

Olrik nahm mich als zwei Monate zuvor in Hamburg angeheuert in die Besatzungsliste auf. Krankheitshalber hätte ich mich auf dem Landweg nach Port-Vendres zum Schiff begeben müssen. Bei der ersten Mahlzeit an Bord musste ich die Tränen der Wut und Erleichterung zurückhalten. Am frühen Morgen stachen wir mit einer Ladung Weizen und Gerste Richtung Korsika in See.

Ich habe Ihnen meine erste Erfahrung in Port-Vendres etwas ausführlicher beschrieben, in erster Linie, damit Sie das Unbehagen verstehen, das mir dieser Name auf dem Poststempel des Umschlags bereitete, aber auch, weil eine gewisse Ironie in dem Umstand liegt, dass ausgerechnet an dem Ort, der mir so feindlich begegnet war, eine der erfülltesten, lehrreichsten Erfahrungen meines Lebens ihren Anfang nehmen sollte. Als ich den Umschlag öffnete, sagte mir eine dumpfe Stimme, dass sich da nichts Gutes anbahne. Diese Stimme irrte sich vollkommen, obwohl der Text selbst durchaus beunruhigen konnte. Ich werde ihn Ihnen vorlesen – ich habe den Brief bei mir.«

Der Gaviero zog einen zerknitterten Umschlag aus der Tasche seines Matrosenhemds, faltete den beidseitig von Hand beschriebenen Bogen auseinander und las uns den Brief vor, den ich später abzuschreiben die Gelegenheit hatte.

»Señor Gaviero,
obwohl ich Sie nicht wirklich kenne, habe ich doch von Ihnen gehört. Vor einigen Jahren war ich mit Ihrem Freund Abdul Bashur zusammen, und zwar in zwei Etappen, jeweils zwischen zwei seiner Reisen durch die Häfen des Mittelmeers. Ich stamme aus Alcazarseguer und bin als Kind mit meiner Familie nach Algier gezogen. Dort lernte ich arabischen Tanz und habe mit diesem Beruf die halbe Welt bereist. Abdul habe ich in Tunis kennen gelernt. Er war auf einem Schiff unterwegs, das zum Teil Ihnen gehörte. Ich erinnere mich nicht mehr an den Namen. Etwa ein Jahr lebten wir in Bizerte zusammen. Dort wurde ich schwanger und musste das Tanzen aufgeben. Abdul sagte immer, wenn er eines Tages nicht mehr da sein sollte, könnte ich bei Ihnen Hilfe suchen. Mein Sohn kam zur Welt, und wir blieben in Tunis. Abdul besuchte uns ab und zu. Nach seinem Tod in Funchal musste ich wieder tanzen, aber es war nicht mehr dasselbe. Ich musste mich um meinen Sohn Hamil kümmern und mochte ihm nicht die dauernden Reisen zumuten, zu denen mich mein Beruf verpflichtete. Ich fand Arbeit in einem Souvenirladen für Touristen und blieb zwei Jahre dort. Der Laden schloss, und ich habe da und

dort in verschiedenen Berufen gearbeitet. Jetzt bietet sich mir die Chance, in einer Fabrik in Deutschland zu arbeiten, dank einer Freundin, die zwei Jahre dort war. Sie ist aus Port-Vendres, und ich bin mit Hamil hergekommen, um die Reise nach Bremen vorzubereiten, wo sich die Fabrik befindet. Ich habe vor, so viel Geld zu sparen, dass ich in den Libanon reisen kann. Abduls Schwester Warda würde mir erlauben, mit Hamil bei ihr zu leben. Sie war immer sehr freundlich zu mir. Wir kennen uns zwar nicht persönlich, schreiben uns aber oft. Ich muss diese ganze Situation, die sich brieflich nur schwer erklären lässt, dringend mit einer Vertrauensperson besprechen. Warda hat mir Ihre Adresse gegeben, und ich möchte Sie um den großen Gefallen bitten, hierher zu kommen, um mir zu sagen, was ich tun soll, ich kann Hamil ja nicht mitnehmen. Meine Arbeitserlaubnis für Deutschland schließt das aus. All das ist sehr verwirrend, und mir fällt nichts anderes ein, als Sie um Hilfe zu bitten. Abdul hatte Sie sehr lieb und sagte immer wieder, der einzige Mensch, zu dem er vorbehaltlos Vertrauen habe, seien Sie. Ich habe niemanden, zu dem ich gehen kann. Meine Eltern sind tot, und ich habe keine Geschwister und keine Familie. Ich mag auch nicht Warda und ihren Brüdern und Schwestern die Verantwortung aufbürden, für Hamil zu sorgen, während ich in Deutschland bin. Wenn Sie hier sind, werde ich Ihnen meine Gründe erklären. Entschuldigen Sie die Unannehmlichkeiten und Opfer, die all das für Sie bedeuten kann, worum ich Sie bitte. Ich stütze mich dabei einzig auf die Freundschaft, die Abdul und Sie verbunden hat. In der Hoffnung, Sie bald zu sehen, sende ich Ihnen einen sehr herzlichen Gruß.

Lina Vicente

PS. Sollten Sie sich entschließen zu kommen, können Sie es mir an folgende Adresse mitteilen: Ancien Café Mogador, 44 Quai Pierre Forgas. Port-Vendres, Pyrénées Orientales. Lina.«

»Der Brief«, fuhr Maqroll fort, »zeigte eine Frau von starkem, gereiftem Charakter, die viel durchgemacht hatte. Im Ton ihrer Worte lag eine Mischung aus Würde, Besonnenheit und Respekt, die mir großen Eindruck machte, denn es sind nicht gerade die gängigen Tugenden in einem Leben und in Regionen wie denen Linas. So entschloss ich mich, sie zu besuchen, und informierte mich über die Routen der Frachter, die Port-Vendres oder einen nahe gelegenen Ort anlaufen würden, und ich bekam die Erlaubnis, auf einem mitzufahren, der zwei Wochen später in Palma vorbeikäme. Ich schickte Lina ein Telegramm, in dem ich ihr mein Kommen ankündigte, und brach zur mallorquinischen Hauptstadt auf. Ich brauche Ihnen nicht zu sagen, dass mir Bashurs Bild und die Erinnerung an all unsere gemeinsamen Abenteuer nicht aus dem Kopf gehen wollten. Durch Linas Ruf wurde mir diese Vergangenheit auf der Fahrt nach Port-Vendres zu einer Obsession. In meinem Gedächtnis konnte ich einige Anspielungen Abduls auf seine Beziehung mit dieser Frau und den Sohn finden, den er mit ihr hatte. Es war etwas sehr Vages, und ich wusste die Worte nicht mehr, mit denen er es erwähnt hatte. Das Liebesleben meines Freundes bestand aus einer Abfolge oft stürmischer Episoden, die immer in dramatischen Brüchen endeten. Natürlich gab es da eine Ausnahme: Ilona. Darauf bin ich mehrmals zu sprechen gekommen. Nach dem tragischen Tod unserer gemeinsamen Freundin, Komplizin, guten Fee und

Geliebten brach Bashur mit seiner Vergangenheit und schlug unerwartete Wege ein, über die ich seinerzeit berichtet habe. In dieser Zeit lernte er auch Lina Vicente kennen.

In der engen Kabine, die ich mit einem Mönch, der das Ordenskleid abgelegt hatte, und einem armenischen Goldschmied teilte, welcher vor irgendeinem in Sizilien begangenen Verbrechen floh, versuchte ich meine Begegnungen mit Bashur in jener Lebensphase zu rekonstruieren, aber es gelang mir nicht, in meiner Erinnerung ein Bild dieser Frau finden, die mich jetzt zu Hilfe rief. Ich malte mir ihre Züge aus, versuchte ihr einen Körper und Bewegungen zu geben, die zu den im Brief zutage tretenden Elementen passen sollten, und brachte doch nur unzusammenhängende Bruchstücke zustande. Als ich frühmorgens in Port-Vendres ankam, ging ich sogleich zum ›Ancien Café Mogador‹. Das Port-Vendres, an das ich mich erinnerte, war vollständig verschwunden. Geblieben waren nur noch die Einrichtungen der Compagnie de Navigation Paquet, deren ausgeblichenes Schild überdauerte, um an Zeiten vergangener Blüte zu erinnern. Die Stadt zeigte eine mir ganz neue Ruhe. Die Hotels und Cafés prangten mit ihrer Fassade einladender, friedlicher Weltläufigkeit, ganz dazu angetan, Touristen anzuziehen. Es war Oktober und die Welle der Besucher aus dem Norden bereits abgeebbt. Das von Lina angegebene Café hatte eine kleine Terrasse über der breiten Straße, die an der Bucht entlangführte. Gegenüber sah man die fast leeren Molen. Ich trat ein, und es empfing mich ein Kellner mit eindeutig katalanischen Zügen, die sein Akzent nachher ebenso eindeutig bestätigte. Ich fragte nach Lina, und ein breites Lächeln erhellte seine Miene. Er ging nach hinten, worauf wenige Minuten später Lina erschien. Wie es so oft vorkommt, stimmte ihre Gestalt in nichts mit den Bildern überein, die ich mir gemacht hatte. Ihre Größe, der feste, elastische Gang, die eher breiten Schultern, etwas in ihrem Verhalten erinnerte mich auf einmal an Ilona. Aber da hörte auch schon jede Ähnlichkeit auf. Linas eckiges Gesicht mit der etwas gebogenen Nase, die ihr ein falkenhaftes Aussehen gab, das vorstehende Kinn, welches gleichsam die Linie der Nase wiederholte, nur umgekehrt, erinnerten mich an Gesichter, wie man sie im Baskenland oder in gewissen Balkanregionen findet. Die ein wenig vorstehenden Augen, deren Dunkelgrün im Licht ins Blasse spielte, hatten jedoch die intelligente, forschende Bestimmtheit, die für die Levantiner typisch ist. In diesem Blick lag etwas von einem moslemischen Heiligen oder der Priesterin eines vergessenen Rituals, was mir die im Brief offenbar gewordenen Charaktereigenschaften bestätigte. Sie lächelte gezwungen, und man merkte ihr eine Spannung, eine Unruhe an, die gewiss ihrer derzeitigen Sorge um ihre Zukunft entsprang. Ich versuchte, ihr Alter zu schätzen, aber es war unmöglich. Sie zeigte eine Beweglichkeit, eine innere Kraft, die genauso gut auf einen Rest Jugend schließen lassen konnte wie auf in einem feindlichen Schicksal erworbene Reife. Sie konnte ebenso dreißig wie fünfzig sein. Als ich später ihr Alter erfuhr, staunte ich sehr: Sie war gerade fünfundzwanzig geworden. Wie sie so auf mich zukam, katzenhaft leichtfüßig die Tische und Stühle auf der Terrasse umsteuernd, begriff ich, welche Anziehungskraft eine Frau wie sie auf Abdul ausüben konnte. Sie besaß sämtliche Voraussetzungen, um meinen Freund die Sinne verlieren und sich in Schwierigkeiten aller Art stürzen zu lassen, deren Ende ich mir immer schon denken konnte. Sie begrüßte mich herzlich und setzte sich zu mir, ohne den Blick von mir abzuwenden; dabei lächelte sie halb verängstigt, halb zufrieden. ›Ich wusste, dass Sie kommen würden, ich habe nie daran gezweifelt‹, sagte sie. ›Abdul hat mir so viel von Ihnen erzählt, dass ich das Gefühl habe, Sie seit Langem zu kennen. Bevor ich Ihnen im Detail erkläre, warum ich Sie gerufen habe, will ich mich um Ihre Unterbringung kümmern. Kommen Sie mit.‹

Ihr Spanisch war korrekt und flüssig, aber mit einem ausgeprägten arabischen Akzent. Ich folgte ihr zwischen den Tischen der Terrasse hindurch, und wir gingen durch eine kleine Bar im Innern, hinter der sich die Küche befand. In deren Hintergrund führte uns eine Wendeltreppe auf eine Art flaches Dach, wo mehrere Zimmer und neben dem Gemeinschaftsbad eine Waschküche lagen. Lina wollte unbedingt meinen Seesack tragen, in dem ich meine Habseligkeiten und einige Bücher verwahre. Wir traten in eines der Zimmer; darin standen ein Feldbett und eine kleine Holzkommode. Dort deponierten wir meine Sachen, und Lina gab mir den Schlüssel mit dem Hinweis, ich könne jederzeit kommen und gehen. Das Café öffne um sieben Uhr morgens und schließe um ein Uhr früh. Wenn ich später komme, könne ich mit dem Zimmerschlüssel auch die Haupttür am Ende der Terrasse öffnen. In allen Bewegungen und Worten der Frau schimmerte eine unbeirrbare Vernunft durch, die mir auffiel. Ich dachte, für Bashurs Charakter müsse diese Entschlossenheit im Alltag wohl nicht leicht zu akzeptieren gewesen sein. Später, als ich mit ihrem eigenen, sehr anziehenden sanften Lächeln vertraut war, wurde mir der ganze Charme bewusst, der in dieser ungewöhnlichen Mischung lag. Wir gingen wieder auf die Terrasse hinunter, und Lina sagte, sie habe einiges in der Küche zu erledigen und müsse die Gäste bedienen, die allmählich eintrafen. Wir würden uns nach dem Mittag beim Essen sehen.

Ich wanderte durchs Städtchen und suchte die Orte auf, wo Stunden grässlicher Not verbracht zu haben ich mich erinnerte. Wie schon gesagt, war nichts davon übrig geblieben. Alles war renoviert und wirkte auf liebenswerte Weise gemütlich, atmete bescheidenen, aber soliden Wohlstand. Viele Touristen in den Cafés und auf den Molen sprachen katalanisch. Ganz offensichtlich handelte es sich um Leute aus Figueras, Gerona und den Orten an der Costa Brava, die hier nicht allzu weit von zu Hause in vertrauter Atmosphäre die französische Küche und die französischen Weine genießen wollten. Ich gelangte zu den Molen. Von den langen Schuppen, die die Emigranten vor dem Einschiffen nach Marokko und Algerien aufgenommen hatten, stand nichts mehr. Nur das Gebäude mit dem Schild der Compagnie Paquet hatte überlebt, wenn auch seine Farbe verloren. Aber die gemütliche Harmlosigkeit des fast verlassenen Gebäudes erinnerte mich an nichts. Damals musste es durch andere, mittlerweile verschwundene Häuser und Eisen- und Glaskonstruktionen verdeckt gewesen sein. Ich spürte eine Art Ernüchterung, einen bitteren Protest dagegen, dass sich eine Vergangenheit, an die zurückzudenken mich noch immer schmerzte, einfach in der Zeit auflöste und keine Hausecke und keinen Backstein als Zeugen meiner elenden Tage übrig gelassen hatte, die sich jetzt zu all den anderen im Labyrinth des Gedächtnisses versunkenen gesellen würden. Eine blendende Sonne strahlte von den blanken Fassaden der Gebäude ab, die sich wie die Reihen eines Theaters um die kleine Bucht mit dem ruhigen, durchsichtigen Wasser gruppierten. So viel Wohlstand tat mir regelrecht weh, da ich mich ausgeschlossen fühlte und abgewiesen von einem Garten Eden, der nicht für mich bestimmt war.

Zur angegebenen Zeit ging ich ins Café zurück und setzte mich auf der Terrasse an einen Tisch. Kurz darauf erschien Lina mit einem Jungen an der Hand, der mich mit erstaunten, heiteren Augen ansah, mit einem Ausdruck, der sehr dem seiner Mutter glich. Er sagte mir guten Tag und hieß mich in stotterndem Arabisch willkommen. Was mich gleich erstaunte, war die offensichtliche Ähnlichkeit seiner Gesten mit denen seines Vaters. Dieselbe Disharmonie zwischen der Handbewegung und den Worten, die er sagte, dasselbe Kopfdrehen zu einem unbestimmten, fernen Raum hin, bevor er den Gesprächspartner erneut anblickte, um seine Fragen zu beantworten. Die Augen und der untere Teil des Gesichts waren von Abdul, ohne das Schielen allerdings, das diesem etwas von undefinierbarem Geheimnis gegeben hatte. Unwillkürlich erinnerte ich mich an das Foto des Jungen neben den verkohlten Metallteilen eines Flugzeuges, das Sie mir zeigten, als wir nach Funchal fuhren, um Abduls sterbliche Hülle abzuholen. Ein stechender Schmerz und eine unerfüllbare Sehnsucht benahmen mir beinahe den Atem. Ich versuchte, meine Aufgewühltheit zu verbergen und fragte Hamil irgendetwas, ich weiß nicht mehr, was. Er gab keine Antwort, sondern lächelte mich an, als wollte er mir zu verstehen geben, dass er alles wisse und alles verstehe. Wir sprachen über die in solchen Situationen üblichen Trivialitäten. Ganz offensichtlich wollte Lina, dass Hamil und ich miteinander bekannt würden, bevor sie mir ihre Geschichte erzählte. Nach kurzer Zeit hieß sie

Hamil aufs Flachdach spielen gehen, während wir unser Gespräch fortsetzten. Er gehorchte sofort und verabschiedete sich lächelnd von mir, aber mit forschendem Blick, als wollte er nicht offen zutage liegende Seiten an mir kennen lernen.

Linas Geschichte waren die üblichen Erlebnisse einer Frau, die mit einem Mann zusammen gewesen ist, von ihm ein Kind bekommen und sich dann selbstständig im Leben durchgeschlagen hat. Sie waren sich in Bizerte begegnet, als Abdul und ich Eigentümer eines Frachters waren, den man uns in Barcelona beschlagnahmte, weil er geschmuggelte Waffen für die Anarchisten an Bord hatte. Als Bashur erfuhr, dass Lina ein Kind erwartete, schickte er ihr regelmäßig Geld, damit sie überleben und die Ausgaben für die Klinik bestreiten könne, wenn sie niederkäme. Tochter eines algerischen Vaters und einer spanischen Mutter, hatte sie schon als Kind ein beachtliches Talent für den Tanz gezeigt, sodass ihre Mutter sie zu einer Bauchtänzerin in den Unterricht schickte, einer entfernten Verwandten, die zurückgezogen in einem Winkel der Kasbah lebte. Die Eltern starben bei einem Busunfall, als sie nach Constantine fuhren, wo der Vater in den Erdölanlagen eine Stelle gefunden hatte. So wurde das Mädchen mit dreizehn Jahren Waise, und die Tanzlehrerin nahm sie bei sich auf. Die karge Habe, die ihre Eltern hinterließen, gelangte zu der Frau, die für die Kleine sorgte, bis diese auf Festen und Versammlungen ihres Viertels zu tanzen begann. Sehr bald war sie als Profi mit eindeutiger Begabung anerkannt und schloss sich einer Tanzgruppe an, die Nordafrika und den Nahen Osten bereiste. Als sie entdeckte, dass ihre Eltern nicht verheiratet gewesen waren, nahm sie den Familiennamen ihrer Mutter an. Ihr Leben war wie das aller Tänzerinnen, die in den Hafenstädten rund ums Mittelmeer auftreten. Sie besaß die uralte Weisheit dieses Tanzes, der viel Rituelles an sich hat und sich innerhalb strenger Regeln abwickelt, die sich in der unbekannten Vergangenheit der Wüstensöhne verlieren. Bei einem ihrer Aufenthalte in Bizerte lernte Lina Bashur kennen. Dessen Liebe zum Bauchtanz war sprichwörtlich, wie auch ich, nebenbei gesagt, ein überzeugter Anhänger von ihm bin.

Damals war ich bei meinen Besuchen in Kuala Lumpur und auf den nahen Inseln, die heute Indonesien bilden, mit anderem beschäftigt, um es so auszudrücken. Dort traf ich übrigens unter bereits geschilderten Umständen unseren lieben Alejandro Obregón, dem wir unser Zusammensein hier verdanken. Aus diesem Grund wusste ich wenig von dem Verhältnis zwischen Abdul und Lina. Zwei, drei vage Anspielungen auf das Thema in Briefen Abduls waren das Einzige, was von dieser Geschichte zu mir drang. Bashur besuchte Lina weiterhin, wenn er in Bizerte vorbeikam, aber später, als er in seine Lebensphase kam, wo sich alles verwischt, sah er sie nur noch bei flüchtigen Begegnungen. Sie haben diesen Weg unseres Freundes durch die Dunkelheit einer Welt am Rande der Gesellschaft ja bereits erzählt. Lina erfuhr von Bashurs Tod bei dem Flugzeugabsturz in Funchal kurz nachdem er sich ereignet hatte. Damals hatte sie das Tanzen schon aufgegeben und verschiedene Gelegenheitsjobs angenommen, zuerst in Algier, dann in Oran und schließlich in Marseille. Dort hatte sie auch die Freundin kennen gelernt, die sie jetzt ermunterte, in Deutschland zu arbeiten. Genau, wie sie mir geschrieben hatte, stand sie in Verbindung mit Abduls Familie, vor allem mit Warda, die für den Roten Halbmond im Libanon arbeitete.

Nun, der Grund, warum sie Hamil nicht zu seiner Tante schicken mochte, lag darin, dass sie den Jungen zwar im Schatten der Erinnerung an seinen Vater aufwachsen lassen wollte, aber nicht des Abdul, den seine Angehörigen immer ins Gedächtnis riefen, sondern des Abdul, den sie gekannt hatte und dessen nächster, ältester Freund ich war. Deshalb sollte ich mich noch vor ihrer Abreise nach Deutschland, wo sie eine kleine Summe Geld zu sparen gedachte, die ihr eine gewisse Unabhängigkeit von den Bashurs geben würde, um den Jungen kümmern und ihn dann während ihrer Abwesenheit bei mir behalten. Überdies befürchtete sie, die Familie könnte unabsichtlich eine Distanz zwischen ihr und ihrem Sohn schaffen und diesen zu einem weiteren der unzähligen Enkelkinder des alten Reeders Ahmed Bashur machen, dessen Prestige in der Innung der Handelsmarine der Gegend auch Jahre nach seinem Tod noch weiterlebte. Diese Besorgnis erschien mir typisch für ihre Persönlichkeit, erinnerte mich zugleich aber auch an die Mischung aus Zurückhaltung und warmer Zuneigung, die Abdul für die Seinen immer bewahrt hatte.

›Es liegt auf der Hand‹, fügte sie hinzu, ›dass mir nur die Möglichkeit bleibt, mich an Sie zu wenden, obwohl ich weiß, dass ich Ihnen damit große Unannehmlichkeiten bereiten muss, aber ich war mir sicher, dass Sie auf meine Bitte antworten würden – Abdul hatte mir so viel von Ihrem gemeinsamen Leben erzählt, dass Sie, ich muss es noch einmal sagen, für mich wie jemand sind, den ich schon seit Jahren kenne. Jetzt muss ich nur noch wissen, was Sie von alledem halten.‹

Ich antwortete ihr, ich hätte meinen Entschluss schon gefasst, nachdem ich ihren Brief erhalten hätte. Sie könne vorbehaltlos und bedenkenlos mit mir rechnen. Aber ich machte sie darauf aufmerksam, dass die Erfahrung des Zusammenlebens mit einem Kind wie Hamil die Letzte sei, die ich mir vorgestellt hätte. Nach einer Existenz wie der meinen, ohne familiäre Bindungen oder irgendwelche Verpflichtungen, immer haarscharf am Rand der Katastrophe und in den entferntesten Winkeln der Welt herumirrend, ohne mich auch nur eine Sekunde darum zu kümmern, was morgen sein mochte oder was ich zurückließ, von Fehlschlag zu Fehlschlag und ohne weiteren Besitz als das, was ich auf dem Leibe trug – nach alledem könne ich mir schwer ausmalen, ein Kind in Obhut zu nehmen, das voll und ganz von mir abhängig sein würde. Trotzdem hätte ich irgendwie das Gefühl, ich könne für Hamil sehr wohl ein vorübergehender Ersatz für seinen Vater sein, dem ich so tief verbunden gewesen sei und über dessen Fehlen ich mich wohl nie würde hinwegtrösten können. Lina nickte, ohne etwas zu meinen Worten zu sagen, als hätte sie schon im Voraus gewusst, dass sich alles so abspielen würde, wie es sich jetzt abspielte. Ohne noch einmal auf das Gesagte zurückzukommen, brachte sie ein vordringliches Problem zur Sprache.

Hamils Papiere wiesen ihn als Tunesier aus. Seine Reise nach Mallorca würde gewisse Schwierigkeiten aufwerfen. Die Aufenthaltserlaubnis, die man ihm in Frankreich ausgestellt hatte, war schon vor mehreren Monaten abgelaufen. Lina hatte eine andere, längerfristige Genehmigung, da sie in der Zeit des französischen Protektorats geboren worden war. Man musste sich also überlegen, wie ich mit Hamil nach Spanien käme. Das würde einige Tage beanspruchen, in denen er sich mit mir vertraut machen könnte, sodass die Trennung von seiner Mutter weniger schmerzhaft wäre. Wir diskutierten verschiedene Lösungen, die uns in den Sinn kamen, und dabei wurde es Zeit fürs Mittagessen. Die Terrasse füllte sich allmählich mit Gästen, und Lina musste in die Küche und sich um den Service kümmern. Sie sagte, ich würde mit Hamil gleich hier essen. Sie ging an die Arbeit, und kurz darauf kam ihr Sohn, der sich mir schweigend gegenübersetzte und mich mit seinen großen Augen anschaute, deren vorheriger staunender Ausdruck einem forschenden, unruhigen gewichen war, aber immer mit dem von seiner Mutter geerbten Lächeln. Als es um den Nachtisch ging, fragte ich ihn, was er wolle, und er antwortete knapp, diesmal auf Spanisch: ›Ein Eis. Aber nicht hier, da schmeckt es nicht sehr gut. Ich bringe dich an einen Ort, wo man das beste kriegt.‹ Seine unbefangene Antwort gefiel mir. Wir spazierten die Hafenstraße hinunter und setzten uns in ein Café, dessen Tische sich schon zu leeren begannen. Der Kellner kam und begrüßte Hamil wie einen alten Bekannten. In Erwartung unserer Bestellung schaute er uns an, und Hamil sagte nach einem Moment des Nachdenkens: ›Ich will eine Kugel Zitrone und eine Kugel Kokosnuss.‹ Er sprach Französisch mit starkem arabischem Akzent. Der Kellner schaute wieder mich an, und ich bestellte einen Kaffee. ›Willst du kein Eis? Es ist lecker‹, sagte Hamil ein wenig enttäuscht. ›Um diese Zeit habe ich lieber Kaffee‹, antwortete ich, fasziniert von seiner Unbefangenheit, ganz in der Art Bashurs in seinen besten Tagen.

Jetzt«, fuhr der Gaviero fort, »muss ich einen Exkurs machen, der mir nötig scheint, damit man besser versteht, wie meine Beziehung zu Hamil war. Es ist nicht leicht zu erklären, was ich empfand, als wir uns im ›Ancien Café≈Mogador‹ begegneten und er mich mit diesem erstaunten, so intensiven Ausdruck anschaute, der zugleich sehr kindlich, aber auch von einer Reife ohne Enttäuschung oder Verbitterung gefärbt war. Das war kein Kind, das mir da gegenübersaß. Wenigstens nicht in dem konventionellen Sinn, wie wir Erwachsene mit wenig einschlägiger Erfahrung es uns vorzustellen pflegen. Hingegen kann ich Ihnen versichern, dass ich von diesem Augenblick an eine warme Solidarität mit ihm empfand, eine absolute Sympathie ohne Vorbehalt oder Unschlüssigkeit. Das erstaunte mich damals selbst. Es war etwas mir Unbekanntes. Ich dachte, ich hätte auf meinen unzähligen Reisen und bei all meinen Missgeschicken sämtliche Nuancen von Beziehungen erlebt. Es war, als hätte sich unversehens in den verborgensten Winkeln meines Wesens eine Tür weit aufgetan, die zu einem bisher unerforschten, ausgedehnten Gebiet voll verwirrendster Wunder führte. Ich kann es nicht besser erklären und fürchte, sentimental zu werden.«

»Das glaube ich nicht«, bemerkte meine Frau. »Für mich ist es ganz klar.« Das sagte sie so überzeugt, dass man Maqroll förmlich ansah, wie ihn ihre Worte erleichterten.

»Wie schön«, sagte er mit einem vagen Lächeln und nahm den Faden seiner Erzählung wieder auf, nun schon natürlicher und gelassener. Offensichtlich war es ihm bis dahin schwer gefallen, gewisse Aspekte seiner Erfahrung mit Hamil zu verstehen.

»Als wir im Café saßen und Hamil mit großem Ernst abwechselnd einen Löffel Zitronen- und einen Löffel Kokosnusseis genoss, kam es mir vor, als hätte ich ihn seit seiner Geburt bei mir gehabt. Er gehörte zu meinem Leben. Dass er Abduls Sohn war und dass ich eine Zeit lang die Vaterrolle übernehmen würde, trug zwar zweifellos mit dazu bei, dieses Gefühl in mir zu wecken, ebenso entscheidend war aber, dass der Junge an sich einen überwältigenden Charme verströmte. Einen Augenblick dachte ich sogar, ich betrüge mich selbst und erlebe, da ich nie eine Beziehung zu Kindern gehabt hatte, als etwas Ungewöhnliches, was für alle andern ganz alltäglich war.

Aber einige Sätze, die wir wechselten, während Hamil sein Eis aufaß, bestätigten meinen ersten Eindruck.

›Du wohnst in Mallorca, nicht wahr?‹, fragte er und kratzte die letzten Reste aus dem Eisbecher.

›Ja, ich wohne in Pollensa. Ein sehr schöner Hafenort. Aber das Haus, wo ich wohne, ist verlassen und eigentlich eine Ruine.‹ Ich dachte, ich mache ihn besser schon vorher darauf aufmerksam, wie heruntergekommen meine Höhle war. Er zuckte die Schultern, als wollte er sagen: ›Was solls. Es ist schon gut so.‹ Als er das Eis aufgegessen hatte, schaute er ernst und vorwurfsvoll den Becher an und sagte dann in sibyllinischem Ton: ›Immer ist es zu Ende, bevor man es erwartet. So ist das eben, wie meine Mama sagt.‹

Einmal mehr hatte ich den Eindruck, Bashur zu hören und neben mir zu haben. Der Kommentar war für diesen so typisch und Hamil äußerte ihn so spontan, dass ich einen Moment das Gefühl hatte, ich wohne einem parapsychologischen Phänomen bei.

Als wir wieder im ›Ancien Café Mogador‹ waren, erwartete uns Lina, an den Pfosten der Küchentür gelehnt. Ihrem Gesichtsausdruck entnahm ich, dass sie meine Sympathie und Faszination für Hamil schon bemerkt hatte.

›Das wäre mir als Letztes eingefallen, dass Hamil Sie zum Eisessen nötigen würde. Das haben Sie doch getan, oder?‹, sagte sie heiter und mittlerweile ohne die vorherige angespannte Unsicherheit.

›Er wollte kein Eis. Er hat Kaffee getrunken‹, erklärte Hamil gelassen.

Lina schaute mich an, um meine Reaktion zu sehen.

›Machen Sie sich keine Sorgen‹, sagte ich. ›Ich sehe schon, das nächste Mal werde ich Eis essen, und zwar mit Vergnügen.‹

An diesem Abend beschloss ich, zu den Piers zu gehen, um Nachforschungen anzustellen, ob irgendein Schiff erwartet wurde, das nach Mallorca führe. Tatsächlich gab es eines, und sein Kapitän war, wie die Schiffsmeldung vermerkte, jemand, den ich schon seit langer Zeit kannte. Ich dachte, mit ihm ließe sich etwas ausdenken, damit Hamil problemlos mitfahren konnte. Zwei Tage später ging der Frachter vor Anker. In den Büros der Schifffahrtsgesellschaft, die ihn gechartert hatte, wurde mir mitgeteilt, dass der Kapitän in letzter Minute aus Gesundheitsgründen ausgewechselt worden war. Hamil hatte mich bei den Nachforschungen begleitet. Er wich den ganzen Tag nicht von meiner Seite, und die Nacht zuvor hatte er in meinem Bett geschlafen. Er war darauf versessen, dass ich ihm in allen Einzelheiten von einem Thunfischfang in Alaska erzählte, der mich fast das Leben gekostet hätte und bei dem Sverre Jensen und ich den Fischkutter einbüßten, den wir unter vielen Opfern in Vancouver gekauft hatten.

Wir verbrachten den größten Teil des Tages auf den Molen, und dort bombardierte er mich mit Fragen wie ›Warum schwimmen die Schiffe?‹, ›Wie können diese kleinen Propeller so große Schiffe zum Fahren bringen, die doch ganz aus Eisen sind?‹, ›Wer befiehlt mehr auf dem Schiff, der Maschinist oder der Bootsmann?‹ und vielen weiteren in dieser Art. Sie waren scheinbar leicht zu beantworten, aber als ich es versuchte, stieß ich auf unüberwindliche Hindernisse, und das führte zu neuen Fragen, deren Antwort gänzlich unmöglich war. Über die Hafenstraße gingen wir zurück, und Hamil wollte unbedingt Eis essen in dem Café, wo er mit der Aufmerksamkeit eines Stammgastes behandelt wurde. An diesem Nachmittag betrachteten wir das Kommen und Gehen im Hafen, während Hamil zwei Kugeln Vanilleeis verdrückte. Ein ruhiger, bescheidener Verkehr, natürlich in keiner Weise mit dem von Amsterdam oder Hamburg vergleichbar, Städten, die bereits Gegenstand langer Gespräche mit Hamil gewesen waren. Da erblickten wir ein Boot der Küstenwache, das ein kleines Segelschiff mit eingezogenen Segeln abschleppte, anscheinend ohne Besatzung mit Ausnahme eines Steuermanns, der das Manöver mit trostlosem Gesicht beobachtete. Ab und zu drehte er kurz am Steuer, um dem Boot der Hafenpolizei zu folgen. Hamil fragte, was mit dem Schiff los sei, und bevor ich antworten konnte, sagte der Kellner, der das Ganze neben unserem Tisch stehend verfolgte:

›Das sind Schmuggler. Sie kommen von der Costa Brava. Denen ist nicht zu helfen, arme Kerle. Sie haben noch nicht mitgekriegt, dass man diesem Geschäft heutzutage nicht mehr ohne größeres Risiko nachgehen kann. Ständig erwischen sie welche.‹

›Gaviero‹ – Hamil pflegte mich noch nicht bei meinem Namen zu nennen, die Kombination von q und r bereitete ihm Mühe –, ›was sind Schmuggler?‹

›Das sind Leute, die mit Waren von einem Land ins

andere gehen, ohne die Zollgebühren zu bezahlen, die erhoben werden, damit man ausländische Produkte einführen kann. Die Küstenwache verhaftet sie und nimmt sie gefangen.‹

›Aber‹, fuhr Hamil fort, ›sind die Polizisten böse und töten sie, wenn sie sich nicht fangen lassen?‹

Der Kellner kam mir zuvor und sagte: ›Nein, Hamil. Sie sind nicht böse und bringen sie nicht um. Das war früher mal so, als die Leute noch wilder waren und der Schmuggel verbreiteter. Da wir so nahe an der Grenze sind, geschieht das andauernd, was ihr da seht. Sie werden vierundzwanzig Stunden hier festgehalten, man beschlagnahmt ihre Ware und bringt sie dann nach Spanien zurück.‹

›Die Armen‹, bemerkte der Kleine, ›ich würde ihnen nichts tun.‹

Die Reaktion des Kellners auf diese Worte drückte offenkundige Sympathie aus. In diesem Augenblick kam mir eine Idee, die sogleich einen ganzen Plan nach sich zog, der unsere Ausreiseschwierigkeiten lösen konnte. Ich beschloss, den Kellner in unser Problem einzuweihen, und sagte dann, in meinen Augen wäre es wohl das Einfachste, mit Hamil auf dem Landweg nach Spanien zu gelangen. Aber dazu benötigten wir die Hilfe von jemandem in Port-Vendres, der beim Grenzposten keinen Verdacht erregen würde. Ohne Zögern sagte der Kellner leise:

›Die betreffende Person kennen Sie sehr gut. Es ist Pierre Vidal, ein Katalane aus Roussillon, der im Ancien Café Mogador arbeitet. Sprechen Sie mit ihm. Ich weiß, warum ich Ihnen das sage.‹

Hamil aß sein Eis auf, und wir machten uns auf zu unserer Herberge. Unterwegs schaute er mich ständig an, als wollte er meinen Plan enträtseln. Er wusste bereits, dass seine Zukunft davon abhing. Ich versuchte, ihm das Ganze möglichst einfach zu erklären.

›Damit du mit mir nach Pollensa kommen kannst, müssen wir zuerst nach Spanien, um dann in Barcelona das Schiff zu nehmen. Aber weil die Polizei hier deinen Pass nicht akzeptiert, so, wie er ist, und uns viele Fragen stellen würde, machen wir es einfacher.‹

›Ja‹, antwortete Hamil ein wenig süffisant, ›wie die Schmuggler. Aber wenn sie uns verhaften?‹

›Man wird uns nicht verhaften. Es wird nichts geschehen. Du hast doch Vertrauen zu Maqroll, nicht wahr?‹, fragte ich ihn ganz unvorbereitet, um zu sehen, wie er reagieren würde.

Seine Antwort gehört zu der wunderbaren Serie von Antworten des Jungen, die Pfarrer Ferran und ich gewissenhaft gesammelt haben.

›Zum Gaviero habe ich schon Vertrauen. Aber kein Vertrauen habe ich zu diesen Männern von der Küstenwache mit ihren Booten, Scheinwerfern und Kanonen, die mir Angst machen.‹

Ich musste ihm ziemlich aus dem hohlen Bauch antworten:

›Es geht darum, unterwegs nicht mit ihnen zusammenzutreffen. Wir werden den Landweg nehmen. Das ist weniger gefährlich.‹

Wieder schaute er mich schelmisch und zufrieden an. Der Landweg eröffnete ihm neue abenteuerliche Möglichkeiten, die ihn sehr verlockten. Aber da er mich als Mann der See kannte, hatte er, glaube ich, wenig Vertrauen in meine Landerfahrung. Erneut kam mir ein wirres Knäueln von Erinnerungen in den Sinn. Ich spürte, dass das

Geschöpf an meiner Seite Abdul Bashur persönlich war mit seinen vergnügten Auslassungen über meine Pläne, die monotone Alltäglichkeit des Schicksals herauszufordern.

Im ›Ancien Café Mogador‹ erwartete uns Lina. Wir setzten uns zum Essen hin, und beim Nachtisch begann Hamil, vom Schlaf übermannt, zu blinzeln. Am Vorabend hatten wir uns bis sehr spät unterhalten. Lina brachte ihn auf sein Zimmer und kam sogleich wieder zurück. Sie hatte gespürt, dass sich bezüglich unserer Reise nach Pollensa etwas tat. Ich berichtete ihr von meinem Gespräch mit dem Kellner des andern Cafés und von meinem Plan, die Grenze auf dem Landweg zu überschreiten. Kaum war ich fertig, zeigte sie sich mit dem Projekt rundum einverstanden und holte Vidal her.

›Das ist Pierre Vidal‹, stellte sie den Kellner vor, der mich aufmerksam anschaute, ›und das ist Maqroll der Gaviero, wie du, glaube ich, sehr wohl weißt. Nun, er wird dir erzählen, worum es geht.‹

Ich erklärte ihm in groben Zügen mein Vorhaben. Sogleich äußerte er lebhaftes Interesse, uns behilflich zu sein. Seine Stirn glättete sich, und er lächelte zufrieden, uns mit seiner Erfahrung aus der Patsche helfen zu können.

›Denken Sie nicht im Traum daran, es auf dem Seeweg zu tun‹, sagte er. ›Die Überwachung ist sehr streng, vor allem in den spanischen Häfen. Sie haben Recht: Die einzige Möglichkeit ist der Landweg, indem Sie bei Le Perthus die Grenze passieren. Das muss in einem Auto mit Kennzeichen der Region Perpignan sein. In diesem Fall werden die Papiere fast nie verlangt. Auch nicht auf der spanischen Seite. Sie kommen nach Figueras, und dort nehmen Sie den Zug nach Barcelona. Und wie Sie von Barcelona nach Palma gelangen, wissen Sie ja. Auf der Fähre gibt es keinerlei Formalitäten.‹

All das kam mir so verdächtig einfach vor, dass man es mir wahrscheinlich ansah, denn er doppelte gleich nach:

›Ja, so ist es jetzt. Bestimmt waren Sie vor vielen Jahren hier, und deshalb sind Sie auf die Idee gekommen, per Schiff zu reisen. Jetzt ist es ganz einfach. Sie sagen mir bloß, wann Sie aufbrechen wollen, und ich arrangiere das mit einem Vetter von mir, der mehrmals wöchentlich nach La Junquera fährt, wo er ein Restaurant hat, das ein Neffe von ihm führt. Hier bleibt alles in der Familie. Lassen Sie es mich ein wenig im Voraus wissen, zwei Tage oder so. Alles wird gut gehen. Machen Sie sich keine Sorgen.‹

Mit fiel ein Stein vom Herzen. Wir sprachen weiter, und ich erzählte ihm von meinen Jahre zurückliegenden Erfahrungen in Port-Vendres. Er drückte sein Mitgefühl mit einem noch offeneren Lächeln aus und sagte, damals sei er noch ein Jugendlicher gewesen. Er erinnere sich an die Welle der Auswanderer als einen düsteren Albtraum, der sich wie ein Schatten über seine Jugend gelegt habe. Er verabschiedete sich von uns, um zu einem Tisch mit holländischen Touristen zu gehen, die ihn herbeiwinkten und zu protestieren begannen.

Nachdem die Perspektiven unseres Übergangs nach Spanien geklärt waren, brauchte ich mit Lina nur noch zu vereinbaren, wie und wann die Abfahrt stattfinden sollte. Sie nutzte den Umstand, dass Hamil noch immer schlief, um ganz unverhohlen zu sagen, was für Gefühle sie bei alledem hatte.

›Sie sollen wissen, dass ich sehr beruhigt nach Deutschland fahre, wenn ich Hamil in Ihren Händen lasse. Ich sehe, dass Sie sich wunderbar verstehen. Er nennt unter irgendwelchen Vorwänden ständig Ihren Namen und hat eine Zuneigung zu Ihnen gefasst, die anscheinend erwidert wird. Es ist schon unglaublich – die unwahrscheinlichste Entscheidung war die beste. Wenn ich irgendwem, der Sie kennt, erzählen würde, dass ich Hamil in Ihrer Obhut lasse, würde er mir sagen, das sei wahnsinnig. Jemand wie Sie, ohne festes Dach über dem Kopf, mit einem Leben voller unvorhersehbarer Umschwünge, immer am Rande der Gesetzesübertretung und des Gefängnisses, scheint nicht eben die geeignete Person, um sich um einen fünfjährigen Jungen zu kümmern. Ich dagegen habe mich nur auf meine Intuition verlassen und mich an die tausend Anekdoten erinnert, die Bashur immer von Ihnen erzählt hat, und denke, dass es dafür niemand Geeigneteres geben kann als Sie. Jetzt weiß ich, dass ich Recht hatte. Ich glaube, am besten fahren Sie beide zuerst. Ich muss noch einige Dinge regeln und mich mit meiner Freundin über die Einzelheiten der Reise verständigen. Wir werden mit dem Zug nach Bremen fahren und müssen die schnellste und günstigste Möglichkeit dafür suchen. Sie können sich nicht vorstellen, wie weh es mir tut, mich von meinem Jungen zu trennen, aber ich weiß, dass es zu unserer beider Bestem ist, und ich werde versuchen, meine Gefühle zu verbergen. Aber Kinder wissen ganz genau, was wir Erwachsene empfinden, und es wird nichts nützen, meinen Schmerz zu verstecken. Na, wir werden ja sehen.‹

Ich antwortete, ich sei jederzeit bereit abzufahren. Ihr Vertrauen, dass sich Hamil in guten Händen befand und mit großer Liebe umsorgt werden würde, beruhigte mich.

Lina ging zu Hamil hinauf, und ich blieb auf der Terrasse sitzen und sann über die neue Situation nach, in die mich das Schicksal versetzt hatte und die in meinen unsinnigsten Plänen nie vorgekommen war. Vidal trat an den Tisch, und als er meinen Gemütszustand sah, versuchte er mich aufzumuntern:

›Hamil ist ein wunderbarer Junge. Es wird Ihnen sehr gut tun, mit ihm zusammen zu sein und dieses erwachende Leben zu entdecken. Ich habe zwei Enkelkinder. Für meine Frau und mich sind sie wie ein Bad, das abgestorben geglaubte Gefühle wieder zum Leben erweckt. Es ist etwas sehr Intensives und zugleich Stärkendes. Alles wird gut gehen, Sie werden schon sehen. Fast möchte ich sagen, ich beneide Sie.‹

Er kehrte an seine Arbeit zurück. Immer wenn er bei mir vorbeikam, blinzelte er mir verschwörerisch zu. Linas Worte und dann diejenigen Vidals drehten sich mir im Kopf herum. Allmählich wurden mir Aspekte meines Entschlusses bewusst, über die ich bisher hinweggesehen hatte. Es wurde mir klar, dass Hamil bereits an mein Leben gebunden war – ein Leben, das ich mit dem Refugium von Pollensa für geordnet und stabil erachtet hatte. Es war merkwürdig, zu spüren, wie in mir diese Veränderung, anstatt mich als unerwartete Verantwortung zu belasten, eine Art Begeisterung weckte, die ich seit vielen Jahren für nichts mehr empfunden hatte. Ganz offensichtlich akzeptierte Hamil vorbehaltlos, was ich verfügte. Die heitere Kameradschaftlichkeit in seiner Beziehung zu mir, vor allem wenn ich etwas über unser künftiges Leben in Pollensa vorwegnahm, erschien mir als ein wunderbares Geschenk der Götter. Ein ganzes Leben, dachte ich, ziellos von hier nach dort, von Hafen zu Hafen und von einem Winkel der Erde zum nächsten, einer unwirtlicher und versteckter als der andere, die unbeschreiblichen Höllen, die ich habe durchmachen müssen, von Erfahrungen gehärtet, die mir oft so vorkommen, als hätten verschiedene Darsteller sie erlebt und nicht ein einziger, dessen Überleben ich mir nicht erklären kann. Kurzum, das alles, um dann als Onkelersatz für einen Sohn Abdul Bashurs zu enden, dessen Leben und Schicksal vollständig von jeder meiner Bewegungen und jedem meiner Worte abhängen wird. In alledem lag etwas Wahnwitziges. Ich dachte, ich erforsche es wohl besser nicht allzu genau. Man soll die Mächte nicht provozieren, die die Fäden in der Hand halten, ohne herabzusteigen und uns nach unserer Meinung zu fragen. Möglicherweise, dachte ich, gehört alles zu dieser so oft erträumten und ersehnten Ordnung, die mir ebenso oft in den Händen zerronnen ist. Wird sie mir jetzt etwa in diesem Kind zuteil, das zu mir sagt: ›Das ist die große Prüfung, die dir geschickt wird. Ich werde bei dir sein, um dir zu versichern, dass wenigstens ein einziges Mal alles so geschieht, wie es tatsächlich hätte geschehen sollen, und nicht so, wie es dir immer widerfährt, nämlich durch das unheilvolle Schicksal, das dich verfolgt.‹?

Da erschien Hamil, setzte sich neben mich und begann dem Treiben im Hafen zuzuschauen. Als hätte er meine Gedanken erraten, fragte er mich plötzlich mit forschendem Blick:

›Ist Pollensa auch so?‹

Wir hatten von Pollensa und der Reise gesprochen, aber nie im Detail. Da ich damals noch nicht wusste, wie wir von Port-Vendres wegkämen, sollte er nicht als definitiv betrachten, was noch völlig offen war. Jetzt zeichnete sich alles klar und überzeugend ab. Es war also an der Zeit, über unsere Zukunft zu sprechen. Ich wusste, dass Hamil alles, was ich ihm sagte, wörtlich und als unumstößliche Wahrheit nahm. Unterdessen weiß ich, dass diese Eigenschaft allen Kindern gemeinsam ist. Hätte ich mich ein wenig angestrengt und mich in meine Kindheit zurückversetzt, hätte ich es damals schon wissen können. Aber jetzt ging mir auch auf, dass ich schon als ganz junger Mensch, im Mastkorb der Fischerboote, auf denen ich arbeitete, immer auf alles achten musste, was Tag für Tag als Strom von Gefahren und plötzlichen Schrecken über mich hereinbrach, sodass ich gar keine Gelegenheit hatte, zu meiner Kindheit zurückzukehren, so sehr hatte ich mich im täglichen Strudel einer unerbittlichen Gegenwart verloren.

Ich erklärte ihm, Pollensa liege in einer Bucht, die größer sei als die von Port-Vendres, und die Landschaft sei sehr anders. Das Licht sei stärker, das Wasser durchsichtiger und ruhiger, und die Stadt, kleiner als Port-Vendres, erstrecke sich über eine Ebene mit sanften Hügeln in der Ferne. In Pollensa werde der mallorquinische Dialekt gesprochen, der dem Katalanischen sehr ähnlich sei, das er in Südfrankreich bestimmt schon gehört habe. In Pollensa gebe es weniger Schiffe als in Port-Vendres. Es wimmle von Vergnügungsjachten, einige sehr groß und luxuriös. Wir würden in einer verlassenen Werft wohnen, wo früher die Schiffe gereinigt und ausgebessert worden seien, was die Abnutzung und die Einwirkung des Meers an Rumpf und allen Metallteilen erfordert habe. Von einem Fenster unseres Zimmers aus würden wir die ein- und auslaufenden Schiffe sehen können.

Danach erzählte ich ihm, wie wir in Le Perthus über die Grenze nach Spanien fahren würden.

›Und wenn uns die Wachtposten erwischen, was machen sie dann mit uns?‹, rief er.

›Zunächst einmal‹, sagte ich, ›werden sie uns nicht

erwischen. Man überquert die Grenze ohne Formalitäten und wird nicht aufgefordert, seine Papiere vorzuweisen. Aber wenn das doch geschieht, werden sie uns ganz einfach nach Frankreich zurückschicken.‹ Ich musste ein bisschen schummeln. Was mich selbst erwarten konnte, falls man uns festnahm, war ein klein wenig komplizierter.

›Also sind es gute Posten‹, bemerkte Hamil, als wollte er mich beschwichtigen und die Beunruhigung bagatellisieren, die seine erste Frage in mir hatte wecken mögen.

›Posten, Hamil, sind nicht dazu da, gut oder schlecht zu sein, sondern Posten zu sein.‹ Ich wartete auf eine Antwort von ihm, aber er warf mir nur einen mitleidigen Blick zu, der besagte: ›Dir ist nicht zu helfen. Manchmal verstehst du gar nichts.‹

Und er begann mich mit Fragen zur Reise zu bombardieren, mit einer fiebrigen Unruhe, die sich auf mich übertrug. Ich dachte, das sei doch kaum zu glauben – nach allem, was mir im Leben widerfahren ist, am Ende nun wegen einer Angelegenheit, die für mich bloß eine unbedeutende Routine sein sollte, eine so fieberhafte Erregung zu spüren. Der Grund lag in Hamil, in meiner Entdeckung Hamils und in seiner nicht nachlassenden Begierde, alles zu umfassen, alles zu wissen, alles zu sehen. Ich fürchte, ich langweile Sie im höchsten Maß, wenn ich immer wieder auf diese für mich neue Erfahrung zurückkomme, die doch für Sie etwas Vertrautes sein muss. Gewiss finden Sie es ein wenig albern, jemandem zu begegnen, für den die Beziehung zu einem fünf Jahre alten Kind zu einer Entdeckungsreise wird.«

»Nein, das dürfen Sie nicht glauben«, sagte meine Frau. »Sie langweilen uns nicht. Jede Begegnung mit einem

Kind offenbart uns eine überraschende Welt. Die Psychologen mögen sagen, was sie wollen, es gibt keine Regeln, um die Überraschungen vorherzusagen, die uns diese Erfahrung beschert. Aber eigentlich habe ich gar nicht an das gedacht. Ich muss gestehen, Maqroll, da gibt es etwas, was ich Sie schon seit einer Weile habe fragen wollen, aber ich habe mich nicht getraut.«

»Ich weiß schon. Machen Sie sich keine Sorgen, Hamil geht es gut, und er lebt dort, wo er leben soll, bei seiner Mutter und bei Abduls Familie. Der, dem es nicht gut geht, bin ich. Aber Sie wissen ja, da ich schon immer dafür war, dass man sich in sein Los schickt, werde ich schon irgendwie damit fertig.«

Pfarrer Ferran legte eine seiner großen Bauernhände auf die des Gaviero, die auf dem Tisch lag. Maqroll wandte einen Moment den Blick von uns ab und nahm dann seine Erzählung wieder auf.

»Am nächsten Tag kam die Freundin zu Besuch, die mit Lina in Deutschland arbeiten sollte. Lina wollte mich bei dem Treffen unbedingt dabeihaben, damit ich die Frau kennen lernte, die sie ein wenig ironisch ›meine Gönnerin‹ nannte. Sie war in vielerlei Hinsicht das genaue Gegenteil Linas. Blond und pummelig, mit ewig zerstreutem Blick, der gleichsam ständig etwas suchte, was nie da war. Asunta Espósito war eine eigenartige Mischung aus savoyischem Vater und Mutter aus dem Roussillon und strahlte eine zuverlässige Redlichkeit, eine unbeugsame Beharrlichkeit in ihren Vorhaben aus, beides Fähigkeiten, die sie hinter dem andauernden Lächeln einer Schaufensterpuppe und dem Anschein einer Person zu verstecken wusste, die nie ganz anwesend ist. Offensichtlich hegte sie für Hamils Mutter eine Bewunderung und Zuneigung, die sie jünger erscheinen ließ als Lina, obwohl sie sogar einige Jahre älter war, wie ich später erfuhr. Ich hatte sogleich den Eindruck, dass die gute Asunta nie nach Bremen zurückgefahren wäre, hätte nicht Lina sie begleitet und ihr so eine emotionale Stabilität garantiert, die ihr das Exil erträglich machte. Beim Sprechen strauchelte sie ein wenig über die s, bei denen sie die Zunge übermäßig an den Gaumen legte.

›Ich habe Sie mir jünger vorgestellt‹, sagte sie unversehens, bevor sie sich neben mich setzte. ›Nun, es ist nicht eigentlich das – Lina hat mir von Ihren Reisen und Erlebnissen erzählt, als wären Sie eine Abenteurernatur, und nun stellt sich heraus, dass Sie überhaupt nicht wie so jemand aussehen. Sie kommen mir eher vor wie ein Mönch, der auf der ganzen Welt das verlorene Kloster gesucht hat.‹

›Asunta‹, versuchte Lina die unangebrachte Bemerkung ihrer Freundin zu entschuldigen, ›redet unüberlegt daher und sieht immer Dinge, die es nicht gibt, und Menschen, die sie erfindet.‹

Ich erwiderte, möglicherweise sei Asunta gar nicht so auf dem Holzweg, und ich höre diesen Vergleich nicht zum ersten Mal, obwohl das mit dem Kloster eine aufschlussreiche Neuigkeit für mich sei. Wir lachten alle gleichzeitig, und dann fragte mich Asunta, welchen Eindruck ich von Hamil bekommen habe. Ich mochte nicht groß auf Einzelheiten eingehen, sondern versuchte die beiden eher zu beruhigen, dass der Junge bei mir gut aufgehoben sei. Ich war mir sicher, dass das die Hauptsorge beider Frauen war, mehr noch die Asuntas als die Linas, die mich schon besser kannte. Ich erklärte ihr, Hamil sei für mich wie ein Neffe und erscheine mir aufgeweckter und intelligenter, als es sein Alter vermuten lasse. Ich sah, wie die Blonde ohne offensichtlichen Grund errötete, und schaute Lina an zum Zeichen, dass ich ihren Entschluss, mich zu rufen, guthieß, an dem die andere deutliche Zweifel hegte. Danach sprachen wir von Deutschland und den Deutschen und vom gräulichen Klima Bremens. Da erschien Hamil und wollte mit mir zum Hafen gehen, um bei der Einfahrt eines italienischen Kriegsschiffs dabei zu sein, von dem ich ihm erzählt hatte. Ich verabschiedete mich von den Frauen, und da sagte Lina so selbstverständlich, als wäre es etwas längst Vereinbartes:

›Heute Abend müssen wir Vidal Ihre Abfahrt mitteilen. In zwei Tagen wird alles bereit sein.‹

Ich schaute sie ein wenig überrascht an, und ohne sich um meine Reaktion zu kümmern, begann sie, mit Asunta von bestimmten Dokumenten zu sprechen, die sie in irgendeinem Büro abholen musste. Hamil machte keine Bemerkung, aber sein Schweigen auf dem Weg zum Hafen zeigte deutlich, welchen Eindruck die Worte seiner Mutter auf ihn gemacht hatten.

An diesem Abend sprachen wir mit Vidal, und die Abreise wurde auf zwei Tage danach festgelegt. Der Vetter würde uns vor dem Mittag abholen. In der Zwischenzeit wollte Lina einige Kleider kaufen, die Hamil ihrer Meinung nach in Pollensa brauchte, und seine übrigen Sachen bereitmachen. Pfarrer Ferran hatte mir, als ich an Bord gegangen war, diskret einige französische Geldscheine in die Tasche gesteckt. Was ich bei mir gehabt hatte, reichte ganz offensichtlich nicht. Ich erbot Lina, sie bei den Einkäufen zu begleiten, die ich bezahlen wollte, was sie aber ablehnte, ohne mich noch einmal darauf zurückkommen zu lassen.

Am Tag der Abreise holte uns Vidals Vetter gegen zehn Uhr vormittags ab. Im Gesicht sah er Pierre sehr ähnlich, aber er war kräftiger und wirkte jugendlich-athletisch, ganz im Gegensatz zu Vidal, der etwas Kränkliches, Fieberndes hatte, das einen beunruhigen konnte. Lina kam mit Hamil herunter; er trug ein kleines Köfferchen, das bessere Zeiten gekannt hatte, ihm aber die Würde eines erfahrenen Reisenden verlieh. Sie hielt ihn lange in den Armen und versuchte ihren Schmerz so gut wie möglich zu verbergen. Hamil, aufgeregt wegen des bevorstehenden Abenteuers, zeigte sich in diesem Moment nicht sehr bewegt. Vidal beobachtete uns amüsiert, und als der kleine Renault-Lieferwagen seines Vetters losfuhr, legte er Lina den Arm um die Schultern und winkte uns mit dem andern zum Abschied herzlich und lange nach. Das Auto hatte auf beiden Seiten ein ziemlich naiv hingepinseltes Bild des identischen bunten Tellers Garnelen und einen Schriftzug mit den Worten ›Can Miquel – unübertroffen in Fisch und Meeresfrüchten – La Junquera‹.

Wir saßen neben dem Fahrer, ich in der Mitte und Hamil am Fenster, da er sich nicht das geringste Detail unseres Grenzübertritts entgehen lassen wollte. In den Armen hielt er sein Köfferchen fest wie einen Wertgegenstand. Auf die Anregung von Vidals Vetter hin legte er es widerstrebend in den Fond, und ab und zu wandte er sich um und vergewisserte sich, dass es noch da war. Ramón, so hieß unser Fahrer, legte eine Ruhe, ja beinahe Gleichgültigkeit an den Tag, die Hamil erstaunte. Als wir in die Landstraße nach Spanien einbogen und ich laut die entsprechende Aufschrift des Wegweisers las, schaute er Ramón wieder an und fragte endlich, was er schon eine Weile auf dem Herzen hatte:

›Und wenn uns die Wachtposten verhaften, nehmen sie Ihnen dann das Auto weg?‹

Ramón wartete einen Moment mit der Antwort und schnitt unter seinen dichten Augenbrauen einige Grimassen, die uns zum Lachen brachten. Schließlich sagte er auf Katalanisch und mit einem Nachdruck, als sei er einen unfassbaren Blödsinn gefragt worden:

›Aber mein Junge, um Gottes willen! Niemand wird uns verhaften. Was dir bloß in den Sinn kommt. Um diese Zeit lesen die Wachtposten die Zeitung und trinken den zweiten Kaffee des Tages, den sie am meisten genießen. Sie werden uns nicht mal anschauen. Du wirst sehen, dass sie uns mit einer Handbewegung vorbeiwinken, wie man eine Fliege verscheucht, das ist alles.‹

Hamil wirkte nicht sehr überzeugt und fragte, wozu denn die kleinen Festungen dienten, die alle Augenblicke oben auf den Hügeln erschienen, als überwachten sie die Straße. Wir erklärten ihm, die seien in anderen Zeiten erbaut worden, als sich die beiden Länder miteinander im Krieg befunden hätten. Offensichtlich hätte er die Festungen gern aktiv gesehen, als unmittelbar drohende Gefahr. Kurz darauf fiel er, an meinen Arm gelehnt, in tiefen Schlaf. Ich bettete ihn bequemer an meine Brust. Er atmete mit einer unschuldigen Ruhe, die mich rührte. Manchmal bewegten sich seine langen Wimpern. Sicherlich träumte er von Wachtposten und Schmugglern. Wieder spürte ich eine Wärme in der Brust, eine große Zärtlichkeit, die mich beinahe schmerzte. Hamil, der Sohn des besten Freundes, den mir das Leben geschenkt hatte, schlief in der Gewissheit der Gefühle, die er in mir seit dem Moment geweckt hatte, da wir uns kennen lernten. In seinen Bewegungen und in seiner ganzen

Beziehung zu mir entfaltete er eine Energie, eine überraschende Macht, die einen Schwall unbekannter Empfindungen in mir auslöste. Zweifellos hatte ich sie in der Kindheit ebenfalls gekannt und dann in meinem tiefsten Innern begraben. Das Leben war sehr früh über mich hereingebrochen, und ich musste mit großen Schwierigkeiten fertig werden, die ich Erwachsenen zu verdanken hatte und ihrer gleichgültigen Brutalität, welche zum von ihnen so genannten ›Lebenskampf‹ gehörte. Wieder einmal weiß ich nicht genau, wie ich es erklären soll, aber während ich Hamils Lockenkopf in den Armen hielt, spürte ich, wie von ihm ein stimulierendes Strömen ausging, das ihn zu einem Boten machte, welcher mich in der ganzen trostlosen Unordnung meines Lebens in eine eben erschaffene Welt führte, zu einem glücklichen Neubeginn, der die Fehler und Missgeschicke der Vergangenheit tilgte und mich in den Zustand einer Offenheit zurückversetzte, die einem Rausch glich. Nun, es ist komplizierter als das und auch einfacher. Sie, Señora, werden mich bestimmt besser verstehen.«

Meine Frau nickte lächelnd und sagte nichts. Pfarrer Ferran nickte ebenfalls gerührt zum Zeichen, dass ihm diese Gedanken des Gaviero längst vertraut waren. Ich wiederum erinnerte mich an etwas, was mir Abdul Bashur zu der Zeit, als ich ihn kennen lernte, gesagt und was mir sehr geholfen hatte, eine dauerhafte Beziehung zu Maqroll aufzubauen.

»Der Gaviero«, hatte er gesagt, »ist wie diese Krustentiere, die einen beinharten Panzer haben, der ihr zartes Fleisch schützt. Er pflegt diesen empfindsamen Bereich seiner Intimität so sorgfältig abzuschirmen, dass man leicht denkt, er besitze ihn gar nicht. Dann kommen die Überraschungen, und die können bei ihm höchst aufschlussreich sein.«

»Als wir uns dem französischen Grenzposten näherten«, fuhr der Gaviero fort, »erwachte Hamil, als hätte er erraten, dass der so ersehnte Augenblick unmittelbar bevorstand. Ein französischer Wachtposten las, das Käppi zurückgeschoben, mit schläfrig-einfältigem Ausdruck die Zeitung. Er schaute schnell uns, dann das Fahrzeug an und gab uns mit der Hand das Zeichen zum Weiterfahren, während er mit fast unverschämter Gleichgültigkeit seine Lektüre wieder aufnahm. In einer unmittelbaren, unkontrollierten Reaktion machte Hamil eine Bewegung, als legte er auf den Posten an, und rief dazu auf Arabisch:

›Wir haben dich besiegt, bum, bum.‹

Ich versuchte ihm den Mund zuzuhalten, aber es war zu spät. Der Wachtposten hatte jedoch nicht einmal von seiner Zeitung aufgeschaut. Ramón schalt den Jungen:

›*Collons,* der verdammte Bengel! Ausgerechnet hier Arabisch zu sprechen! Ist er bescheuert oder was?‹

Hamil schaute uns schelmisch an und zuckte scheinbar gleichgültig die Schultern. Unmittelbar darauf gelangten wir in die spanische Zone. Im Häuschen unterhielten sich friedlich zwei Posten und rauchten. Sie winkten Ramón freundschaftlich zu, und der gab Gas und winkte durchs offene Fenster zurück. Hamil sah mich wieder an und bemerkte:

›Die töten wir nicht, die sind Freunde von Ramón. Hast du gesehen, wie sie uns gegrüßt haben?‹

Wir kamen nach La Junquera, und Ramón setzte uns bei der Haltestelle ab, wo die Busse nach Figueras fuhren. Er verabschiedete sich herzlich wie ein alter Freund von uns, strich Hamil mit der Hand durchs Haar und sagte freundlich zu ihm:

›Behalte hier das Arabisch für dich, bis du mit dem Gaviero allein bist. In diesem Land kannst du Probleme damit bekommen.‹

Hamil schaute ihn belustigt an und nickte, dass er den Rat befolgen werde, ohne dass er ihn genau verstehen konnte.

Bis zur Abfahrt des Busses setzten wir uns in ein Café. Hamil versank in ein Schweigen, das mir zeigte, dass ihm die Trennung von seiner Mutter erst jetzt bewusst wurde. Tränen standen ihm in den Augen, aber er hielt sie mit Mühe zurück. Schließlich entschied er sich fürs Sprechen und sagte:

›Meine Mutter hat gesagt, ich soll das Arabisch nie vergessen, es ist die Sprache, die mein Vater gesprochen hat und die die Bashurs sprechen. Was soll ich jetzt tun, wenn ich es hier nicht sprechen darf? Und meine Mutter, in Deutschland, mit wem soll sie es sprechen?‹ Dicke Tränen liefen ihm nun über die Wangen.

›Wir beide werden Arabisch sprechen, sooft du willst. Diese Grenzbewohner sind sehr vorsichtig und wollen nicht, dass man sie für Ausländer hält. Und deine Mutter wird dort mit einigen Arbeitskolleginnen ebenfalls Arabisch sprechen. Wenn sie nach Pollensa kommt, um dich abzuholen, was schon sehr bald sein wird, wirst du sehen, dass ihr Arabisch sprecht wie immer.‹

Er wurde etwas ruhiger, aber in seinem Blick war eine unbestimmte Angst zu sehen, mit der er mich betrachtete, als sähe er mich zum ersten Mal. Wir tranken unseren Milchkaffee aus und stiegen in den Bus, der sogleich abfuhr. Es war Mittag vorbei, als wir nach Figueras gelangten, und ich suchte mit Hamil ein von Ramón empfohlenes Speiselokal auf, wo wir Reis mit Meeresfrüchten aßen. Ich war überrascht, wie geschickt der Junge die Garnelen schälte, und fragte ihn, woher er diese Fähigkeit habe, über die sonst nur die Küstenbewohner verfügten. Er erklärte, seine Mutter habe in Perpignan in einem auf Meeresfrüchte spezialisierten Restaurant gearbeitet und ihm beigebracht, die Kronenhummer und Garnelen zu schälen, die sie ihm heimlich von der Arbeit mitbrachte. Als die Abfahrtszeit näher rückte, gingen wir auf direktem Weg zum Bahnhof. Der Eilzug nach Barcelona hatte zwei Stunden Verspätung. Ich dachte, es sei klüger, nicht ohne bestimmtes Ziel durch die Straßen von Figueras zu spazieren. Im Bahnhofwartesaal befand sich kaum jemand. Wir setzten uns auf eine lange, spartanische Bank, und Hamil begann mich wieder über Mallorca und Pollensa auszufragen. Mit einer mir selbst fremden Geduld beantwortete ich ihm jede Frage und versuchte dabei, ihm über den Charme des Ortes keine allzu großen Illusionen zu machen noch allzu sehr auf die Misslichkeit unserer Behausung einzugehen. Als der Zug in den Bahnhof einfuhr, nahm Hamil meine Hand und sagte: ›Komm, Gaviero, das ist unser Zug. Ich will bald in Pollensa sein.‹

Er sprach es als ›Pollentsa‹ aus, und auch später war es unmöglich, ihn zu korrigieren. Wir stiegen ein, und ich erklärte ihm, danach müssten wir noch mit der Fähre von Barcelona nach Mallorca fahren. Wieder übermannte ihn der Schlaf, und er nickte in meinen Armen ein. Ich musste ihn mit so offensichtlicher Unbeholfenheit gehalten haben, dass mir eine Frau, die uns gegenübersaß, verständnisvoll zulächelte. Als wir in Barcelona ankamen, wurde es schon dunkel. Hamil erwachte, kurz bevor der Zug in der

Estación de Francia einfuhr. Ein Bus brachte uns zum Hafen, wo die Fähre um acht Uhr abends ablegte. Wir kauften die Fahrkarten und richteten uns in unserer engen Kabine ein. Hamil mochte nicht weiterschlafen und zog mich an Deck, um das Ablegen mitzuverfolgen. Während wir warteten, beobachtete er das Hin und Her der Schiffe im Hafen und schaute aufmerksam dem Abfahrtsmanöver einiger großer Passagierdampfer und Frachter zu, die zu den verschiedensten Orten auf der Welt aufbrachen, und wurde ganz aufgeregt. Es konnte kein Zweifel bestehen, dass ihn das Meer faszinierte, was mich über alle Maßen rührte. Mit forschendem Blick speicherte er sämtliche Details der Hafenbewegungen und alle Auskünfte, um die er mich mit unstillbarer Neugier bat. Unwillkürlich musste ich mir vorstellen, wie Bashur angesichts dieses Interesses seines Sohnes für die Seefahrt reagiert hätte. Schließlich gelang es mir, ihn zu überreden, mich zum Abendessen zu begleiten, und danach gingen wir in die Kabine, um ein wenig zu schlafen. Da er unbedingt dem Einlaufen der Fähre in Palma beiwohnen wollte, erwachte er immer wieder. Als wir am Pier anlegten, schlug er frustriert die Augen auf, weil er das Manöver verpasst hatte.

In Palma erwartete uns Pfarrer Ferran. Ich erinnere mich noch an seine ersten Worte:

›*Quin nen més maco,* was für ein hübscher Junge. Er sieht aus wie ein inkognito reisender Erbprinz.‹«

»Das war der Eindruck, den ich hatte«, sagte Pfarrer Ferran zu meiner Frau. »Ich erinnere mich daran, als wäre es gestern gewesen. Hamil ist ein besonderer Junge. Das sind so großväterliche Anwandlungen, die unwillkürlich in einem hochkommen.« Meine Frau lächelte amüsiert über die Begeisterung des Pfarrers und Historikers.

Es wurde langsam Abend, und der Sonnenuntergang, fast übertrieben in seiner Entfaltung von Orange- und Lilatönen in unglaublichster Vielfalt, nötigte uns zu feierlichem Schweigen. Als sich diese Farborgie in ein Purpurrot auflöste, das allmählich von an El Grecos Landschaften erinnernden Grautönen erobert wurde, fand Maqroll als Erster wieder Worte: »Ich fürchte, diese Geschichte hat sich übermäßig in die Länge gezogen. Bestimmt habe ich Sie gelangweilt.«

»Gar nicht«, erwiderte meine Frau. »Ich sterbe schon vor Neugier, was mit Hamil geschehen ist und wie sein Leben in Pollensa war. Wenn Doña Mercè nichts dagegen hat, würde ich sogar vorschlagen, dass wir hier die Nacht erwarten, bis Sie Ihre Geschichte beendet haben.«

Pfarrer Ferran und ich schlossen uns dem Vorschlag an. Der Geistliche stand vom Tisch auf und ging, um mit der Inhaberin zu sprechen. Kurz darauf kam er zurück und teilte uns mit, Doña Mercè lasse ausrichten, wir sollten uns keine Sorgen machen. Sie werde uns im gegebenen Moment einen Imbiss bringen. Inzwischen schickte sie uns mit dem Pfarrer einen wunderbaren Krug Sangria, in der Pfirsichstücke und Erdbeeren aus ihrem Garten schwammen, von denen Pfarrer Ferran schwärmte.

Inzwischen hatte Maqroll den Blick immer noch auf den Horizont gerichtet, wo allmählich die erhabene Mittelmeernacht Einzug hielt. In diesem Augenblick wurde ich der in seinem Innern bohrenden Melancholie und der Tiefe des Zweifels und Schmerzes gewahr, in der er versunken war, gewiss seit seiner Kindheit, zugeschüttet in einem Vergessen, das erst der Kontakt zu Hamil durchbrochen hatte, sodass ihm Erinnerungen an ein verloren geglaubtes Paradies zugetragen wurden. Während er uns seine Geschichte erzählte, spürten wir deutlich, dass sie seinen Kummer ein wenig linderte.

»Jetzt«, fuhr er fort, »habe ich mich immer wieder gefragt, ob so viele Jahre Leben auf dem Meer und so überstürzte wie unsinnige Streifzüge auf dem Festland nicht großenteils zu dieser Abspaltung, besser gesagt: Amputation einer Erfahrung geführt haben, die mir an der Seite Hamils offenbar wurde. Sie erinnern sich«, wandte er sich an mich, »dass ich in dem Tagebuch, das ich während meiner Fahrt den Xurandó-Fluss hinauf auf der Suche nach den verdammten Sägewerken führte, die sich in einem Albtraum auflösten, von den Momenten im Leben spreche, wo wir denken, die Ecke, um die wir nie gebogen sind, die Frau, die wir nie wieder gesucht, der Weg, den wir zu Gunsten eines andern verlassen, das Buch, das wir nie ausgelesen haben – dass sich all das ansammelt, bis es ein zu unserem Leben paralleles Leben bildet, das in gewisser Weise ebenfalls uns gehört. Nun, ein guter Teil dieses beiseite gelassenen Lebens kehrte schlagartig zurück, sowie Hamil bei mir war. In diesem Augenblick hat sich der parallele Fluss für kurze Zeit mit dem meines wirklichen Lebens vermischt. Nachdem er dann wieder in sein Bett zurückgekehrt war, war ich schwer angeschlagen und ohne jede Orientierung. Sie verstehen mich besser als jeder andere.«

Es war sehr charakteristisch für den Gaviero, dass er sich immer in solche Abhandlungen stürzte, ehe er seine Erzählungen fortsetzte. Dazu trieb ihn das Bedürfnis, in seinem Innern die turbulenten Erlebnisse zu ordnen, das unlenkbare Chaos, das seine Abenteuer und Leiden in dauerndem Brodeln hielten. Ich erinnere mich sehr genau, als ich ihn einmal aus einem kaum zu erzählenden Unternehmen im Mississippidelta bei der Grand Isle errettete, wie er nach einer stürmischen *Bourbon-* und Mulatinnennacht in einem verwahrlosten Hafenkaff, dessen Namen ich vergessen habe, zu mir sagte: »Die einzige Ordnung, auf die wir vertrauen dürfen, die einzige sichere und endgültige Ordnung ist die des Todes. Das wissen wir alle, ich weiß. Aber die List besteht darin, weiterzuleben und zu versuchen, kein sehr enges Verhältnis zum Tod zu haben. Wenn er winkt, müssen wir ihm die kalte Schulter zeigen. Nicht aus Angst, sondern in der Gewissheit, dass er weniger an uns interessiert ist als an unseren armen Knochen und an unserem Fleisch, die er seinen Legionen zuführt. Aber dort erwartet uns die Ordnung, die einzige verbindliche. Vergessen Sie das nicht, vergessen Sie es niemals«, sagte er, und seine Hand umklammerte meinen Arm und schüttelte ihn in blinder Verzweiflung. Diese Episode kam mir an dem Abend in Pollensa wieder in den Sinn, unter dem Himmel der Hellenen, dem Himmel der Omaijadenprinzen, dem Himmel, der dem langsamen Vorbeireiten des Condottiere Guidoriccio da Fogliano im Palazzo Pubblico von Siena beiwohnt.

Maqroll kehrte zu seiner Geschichte zurück:

»Wovor ich mich am meisten gefürchtet hatte, das machte Hamil nun den größten Spaß: die Unordnung und Ärmlichkeit meines Refugiums in der Werft. Sie waren eine Quelle unerschöpflichen Zeitvertreibs für ihn. Nach einer langen Fahrt im Taxi unseres Pfarrers waren wir endlich am Ziel. Pfarrer Ferran konnte den wachen Geist und die lebhaften Bewegungen unseres neues Gastes nicht genug loben und begleitete uns zur Werft. Als er sich von uns verabschiedete, schaute er mich einen Moment lang an, als habe er Bedenken hinsichtlich Hamils Reaktion angesichts des heruntergekommenen Orts. Der Junge stieg wie der Blitz die wackligen Treppen zu meinem Schlupfwinkel hinauf, warf das Köfferchen mit seinen Habseligkeiten auf mein Bett und öffnete eilends das Fenster, um aufs Meer hinauszuschauen. Die Weite des Wassers, in dem sich das Leuchten des nächtlichen Himmels spiegelte, versetzte ihn in eine Art hypnotisches Entzücken. Inzwischen machte ich ihm ein provisorisches Bett aus einigen Brettern und zwei Koffern voller Papiere zurecht, wie ich es schon einmal anlässlich des Besuches eines alten Kollegen getan hatte, mit dem ich in Zentralasien einige Abenteuer geteilt hatte. Als das Bett fertig war, versuchte ich Hamil dazu zu bringen, seinen Ausguck zu verlassen und nach dieser zermürbenden Reise schlafen zu gehen. Endlich gab er nach, fragte mich aber, als er schon unter der Decke steckte:

›Was werden wir morgen machen?‹

Im ersten Moment wusste ich keine Antwort auf diese bedrohlich konkrete Frage. Meine Arbeit in der Werft besteht darin, den Ort zu bewachen und dafür zu sorgen, dass die Nachbarn die Überreste der Anlagen nicht abmontieren. Die unendlichen Mußestunden fülle ich normalerweise mit der Lektüre von Büchern, die mir vorwiegend Pfarrer Ferran gibt, und indem ich in der Erinnerung eine Vergangenheit rekonstruiere, die vorbeizieht, als hätte ein anderer Mensch sie erlebt, der demjenigen, der ich derzeit bin, oft vollkommen fremd ist. In Erwartung einer Antwort schaute mich Hamil noch immer an. Aus irgendeinem Grund kam ich schließlich auf die Idee, ihm zu sagen:

›Morgen gehen wir angeln.‹

›Wo?‹

›Hier, auf der Mole vor der Werft‹, warf ich ein wenig zögernd hin.

›Da gibt es Fische? Viele?‹

›Nun‹, antwortete ich, des erfundenen Weges etwas sicherer, ›morgen werden wir sehen. Ich habe hier noch nie geangelt, aber vom Molenende aus sieht man die Fische.‹

›Aber wenn es Fische gäbe, hättest du doch schon geangelt.‹

›Natürlich gibt es Fische. Ich habe sie gesehen. Es gibt immer welche. Und jetzt wollen wir schlafen‹, sagte ich mit nicht sehr überzeugender Autorität.

Wir schliefen bis weit in den Vormittag hinein. Hamil half mir dabei, den Milchkaffee und die großzügig mit Marmelade bestrichenen Toasts zu machen, sein Lieblingsfrühstück, wie mir Lina gesagt hatte. Ich trank meinen üblichen Tee und aß dazu einige Scheiben Schwarzbrot, was Hamil mit einem offen vorwurfsvollen Blick quittierte, da er vor Tee einen Ekel empfand, der in keiner Weise zu den Vorlieben seiner Ahnen aus der Wüste passte. Danach gingen wir in den Ort, um Angelruten zu besorgen. Pfarrer Ferran versah uns mit allem Nötigen. Zurück auf der Mole, dienten uns die schlecht befestigten Bretter an deren Ende als Sitz, und dort warteten wir auf eine ziemlich unsichere Überraschung. Mein Umgang mit der Rute war anscheinend nicht sehr glaubwürdig, denn nach einer Weile lachte Hamil über meine Ungeschicklichkeit und tadelte mich:

›Aber Gaviero, du kannst ja gar nicht angeln. Was hast du denn damals auf den Schiffen gemacht, als du noch ein Junge warst?‹

›Als Junge hatte ich nie Zeit, auf den Schiffen zu angeln. Ich musste zuoberst auf den Mast hinaufklettern und von dort aus der Besatzung mitteilen, was am Horizont zu sehen war. Auf den Schiffen hat jeder eine Aufgabe zu erfüllen, und es gibt sehr wenig Zeit zum Angeln. Da fängt man die Fische mit Netzen, das ist eine sehr harte Arbeit.‹

Dann stürzte ich mich in eine lange Erklärung, wie dieser Fischfang vonstatten ging, und erzählte ihm, ich sei Besitzer eines Fischerboots gewesen, zusammen mit einem norwegischen Seemann, der vor Jahren mein Freund gewesen sei. Hamil schaute mich halb erstaunt, halb skeptisch an, und da begann ein Fisch an seinem Angelhaken zu zerren. Ich half ihm, die Schnur einzuziehen, indem ich an der Spule kurbelte, während er mit beiden Händen die Rute festhielt. Seine Augen glänzten vor Befriedigung, und er stieß auf Arabisch einige Freudenrufe aus. Die Beute war ein Fisch von fast drei Kilo. Ich konnte ihm nicht sagen, zu welcher Art er gehörte, was mein Anglerprestige weiter schmälerte. Um mich zu trösten, sagte er ganz ernst:

›Morgen wird es dir besser laufen, Gaviero. Jetzt bringen wir diesen Fisch zu Pfarrer Ferran, um ihn dort zu essen.‹

Ich antwortete, zunächst einmal sei ich nicht sicher, ob er essbar sei, und dann sei Pfarrer Ferran ein viel beschäftigter Mann, bei dem man nicht einfach so hereinschneien könne. Hamil ließ nicht locker, und so gingen wir zu unserem Freund.«

»Meine Köchin«, bemerkte der Geistliche, »konnte den Fisch nicht zubereiten, es war keine essbare Art. Hamil war so enttäuscht, dass wir einige Tränen trocknen mussten, die ihm über die Wangen rannen, als er sah, wie die Köchin die Belohnung für den ersten Angeltag seines Lebens in den Müll warf.«

Maqroll hatte sich wieder in eine seiner Absenzen verloren, und wir warteten einen Augenblick, dann fuhr er mit seiner Erzählung fort:

»Das Fischen auf der Mole wurde zu unserer Hauptbeschäftigung. Andere Fische kamen, diesmal essbar, und es war unglaublich, mit welch stolzer Miene Hamil uns bei Tisch anschaute, wenn ein solcher von ihm gefangener Fisch bei Pfarrer Ferran das Hauptgericht bildete.

Dann wagten wir uns auf eines der beiden Boote, die es in der Werft noch gab. Ich hatte es reparieren können und mit einem Mast und einem Segel versehen, und wir machten uns auf, die Bucht nach guten Angelplätzen zu erkunden. Ich brachte dem Jungen bei, ab und zu das Tau zu halten, das das Segel lenkte, und das machte ihn vollkommen glücklich. Jetzt stiegen meine Aktien wieder, sodass er meine Misserfolge beim Angeln vergaß. Unsere Tage zogen friedlich dahin und reicherten sich mit den dauernden Zwischenfällen unserer Heldentaten als Seefahrer und Fischer in der Bucht von Pollensa an. Unnötig zu sagen, wie oft ich an die Stürme dachte, denen ich in meinen Fischerjahren in Alaska zu trotzen hatte, und daran, wie oft ich drauf und dran war, in einem eiskalten Meer Schiffbruch zu erleiden, dessen Zorn der Schrecken der Seeleute ist.

Ab und zu kam aus Deutschland ein Brief von Lina, den ich Hamil vorlas, während er aufmerksam und ernst wie ein Erwachsener zuhörte. Oft bat er mich, einzelne Abschnitte zu wiederholen, in denen seine Mutter Episoden aus ihrer Arbeit und ihrem Leben in Bremen erzählte, bei denen sie natürlich die Nöte und Schwierigkeiten für sich behielt, die sie in dieser Stadt durchmachen musste, einer der düstersten und rausten, die ich kennen gelernt habe. Dann mussten wir seiner Mutter immer sogleich antworteten. ›Damit sie nicht so lange auf Nachrichten von uns warten muss‹, erklärte er, als wollte er sich für seine Forderung entschuldigen. Er erwähnte seine Mutter oft und erzählte mir Geschichten, die sie beide in den Ländern erlebt hatten, in denen sie gewohnt hatten.

Von seinem Vater bewahrte er ein Bild, das sich aus den dauernden Anspielungen seiner Mutter und dem Seemannsgarn zusammensetzte, das er selbst um das von Abdul geführte Leben auf dem Meer spann. Eines Tages entschloss ich mich, ihm ein so getreues Bild wie möglich von seinem Vater zu entwerfen, und er hörte mir mit lebhaftem, manchmal von leichter Skepsis getöntem Interesse zu. Ich versuchte, so knapp wie möglich zu sein und von Episoden abzusehen, die er nur schwer hätte verstehen können. Ich erzählte ihm, dass sein Vaters davon besessen gewesen sei, den idealen Frachter zu besitzen, dessen Proportionen, Formen und technische Details er auswendig wusste, und dass dieser Traum nie in Erfüllung gegangen sei. Besonderes Gewicht legte ich auf die Qualitäten des treuen Freundes, der jederzeit bereit war, mit wem auch immer die Gefahren und Mühsale zu teilen, die das Schicksal für den Betreffenden bereithielt. Mit der Zeit stellte ich fest, dass Hamil die Einzelheiten meiner Schilderung zu den selbst erdachten Fantasien hinzugefügt hatte, da ihm diese ebenso wirklich erschienen wie mein Zeugnis. Daran war nicht zu rütteln, und ich beschloss, es so zu belassen. Bashur, dachte ich, hätte sich über Hamils Erfindungen sehr gefreut. Dass Lina hier ebenso wenig eingegriffen hatte, schien mir löblich. Das Leben würde Hamil vielleicht schon das wahre Bild seines Vaters zeigen, das dessen Freunde und Verwandte in den fernsten Winkeln der Erde liebevoll bewahrten.

So begann für mich ein neues Leben, das sich zu jeder Tages- und Nachtstunde um dieses Kind drehte, welches an meiner Hand allmählich die Welt entdeckte, während es mir eine Lektion erteilte, die ich längst gelernt zu haben glaubte. Es war in gewissem Sinn wie eine Rückkehr zum geheimen Dialog mit den Orakeln. Mit jedem Tag wuchs mein Staunen über die angeborene Sicherheit, mit der Hamil für sich erfasste, was er entdeckte. Mein Refugium füllte sich immer mehr mit den unerwartetsten Objekten, die, nachdem Hamil sie ausgesucht und verwahrt hatte, eine beschwörend-magische Gestalt annahmen. Muscheln in allen möglichen Formen und Größen, Flaschen und vom Meer angespülte Holzstücke, Vogel- und Fischskelette, die er in den Höhlungen der Steilküste entdeckt hatte, Seilenden und Segelfetzen, unmöglich zu identifizierende Metallteile und sogar auf ausgewaschene Bretter genagelte Buchstaben. Anhand jedes einzelnen dieser Gegenstände legte er sich eine Geschichte zurecht, die ihnen eine unbestreitbare Präsenz und Gültigkeit gaben. Abends überprüfte er im Licht der Colemanlampe, die unsere Bleibe erleuchtete, seine Schätze, wiederholte mir die Geschichte eines jeden und reicherte sie ständig mit überraschenden Variationen an. An einem dieser Abende zeigte er mir ein purpurrot gefärbtes Stück Tau und sagte:

›Mit diesem Seil hat man einen Piraten gehängt, der alle Personen einer Insel getötet hat, die er nachher in Besitz genommen hat. Er verschonte nicht einmal die Kinder.

Als ihn die Kriegsschiffe, die ihn suchten, gefangen nahmen, wurde er am höchsten Mast des Admiralsschiffs aufgehängt. Weißt du, wie er hieß? Der Rasende Leopard.‹

Ich wagte ihn zu fragen, woher er so viele Einzelheiten habe und was er denn von Piraten und Admiralsschiffen wisse. Er antwortete, er habe mich mehrmals mit Pfarrer Ferran über Piraten und eine Insel namens Cäcilien sprechen hören. ›Sizilien‹, korrigierte ich ihn. So entdeckte ich, dass er sich meine Gespräche mit Pfarrer Ferran über die Streifzüge der Soldaten im Feindesland auf seine Weise zu Eigen gemacht und auch mehrere der einschlägigen Bände durchgeblättert hatte, die mir unser Freund immer auslieh und deren Illustrationen ihn sicher zu seinen Geschichten inspirierten.

Keiner der von Hamil aus dem Meer geretteten Gegenstände durfte seinen Platz wechseln. Als ich es einmal aus Zerstreutheit versuchte, wurde ich streng gerügt. Der Grund, den er anführte, machte mich ziemlich sprachlos:

›Wenn du sie umstellst, werden sie nicht mehr wissen, wo sie waren. Du trennst sie von ihren Freunden, und dann müssen sie unter Fremden leben.‹

Mit der Zeit irritierten mich diese geheimen Gesetze nicht mehr, die die Welt der Kindheit regieren. Im Gegenteil, manchmal ertappte ich mich dabei, wie ich sie selbst begeistert befolgte. Meine Verbundenheit mit ihm wurde absolut – genau wie mit seinem Vater –, und bald brauchten wir nicht mehr zu erklären, warum wir etwas taten – wir taten es immer einvernehmlich und schufen uns so unsere eigene Welt. Oft musste ich mich regelrecht zwingen, daran zu denken, dass es sich um ein fünfjähriges Kind handelte und nicht um einen Erwachsenen von beinahe vierzig Jahren wie der Abdul, den ich in Kairo kennen gelernt hatte. Die Parallelität wurde durch einige Gesten Hamils noch ausgeprägter, die, wie ich bereits sagte, an die seines Vaters erinnerten. Die Art, den Arm zu heben und dann oben zu behalten, während er einen Satz begann, den er betonen wollte, die mit den ausgesprochenen Worten nicht übereinstimmenden Handbewegungen, die einem den Eindruck gaben, jemand habe sich in ihnen versteckt und ordne sie in einer geheimen Absicht, und schließlich die Gewohnheit, manche Sätze unvollendet zu lassen und einen Moment zu schweigen. Die Tage verstrichen ruhig und ohne Aufregungen, und allmählich sah Hamil gesünder und kräftiger aus als zu dem Zeitpunkt, da ich ihn in Port-Vendres zum ersten Mal gesehen hatte.

Eines Tages kam ein Brief von Lina, in dem der Optimismus und die Ergebenheit der vorangehenden Schreiben einem wortkargeren, bedrückteren Ton gewichen waren. Sie arbeitete in einer Fabrik für chemische Produkte in der Umgebung von Bremen und teilte mit der blonden Asunta und zwei Portugiesinnen ein enges Zimmer in einem elenden Arbeiterviertel am andern Stadtende. Die Miete war höher als angenommen, der Lohn wurde oft von Gewerkschaftsbeiträgen und Versicherungsprämien beschnitten. Außerdem wurde sie im Akkord bezahlt und verdiente wegen Übermüdung und häufiger Erkältungen in Bremens rauem Klima oft nicht so viel, wie sie sich ursprünglich ausgerechnet hatte. Aber sie war fest entschlossen, die Summe zusammenzubringen, um in den Libanon reisen zu können, ohne den Bashurs und insbesondere Warda zur Last zu fallen, die in größter Bescheidenheit lebte, da sie sich mit allen Kräften ihrem wohltätigen Werk widmete. Um dieses Ziel zu erreichen, würde Lina zumindest ein weiteres Jahr dort bleiben müssen.

Was Hamil betraf, so gestand sie mir, sie sei ganz ruhig, da sie ihn bei mir in guten Händen wisse und ebenso bei Pfarrer Ferran, dem sie, ohne ihn zu kennen, sehr dankbar war, dass er ihren Jungen so liebevoll aufgenommen hatte. Natürlich schmerzte es sie, dass Hamil nicht bei ihr war, und manchmal quälte sie der Wunsch, alles stehen und liegen zu lassen, um zu ihm zu kommen. Sie bat mich, ihr in meinen Briefen mehr über ihn, über seine Fortschritte und Spiele zu erzählen, und bestand darauf, dass ich jeden Tag mit ihm über seine Mutter spräche, damit sie ihm so gegenwärtig wie möglich bliebe. Dieser Brief kam an Pfarrer Ferrans Adresse wie alle vorangehenden auch, aber auf dem Umschlag stand diesmal nicht mein Name, sondern der unseres Pfarrers. Ich erwähnte Hamil gegenüber nichts von diesen Nachrichten, die ihn sicher nur traurig gestimmt hätten. Lina brauchte mich nicht daran zu erinnern, ihr Bild und die Erinnerung an sie in dem Jungen lebendig zu erhalten. Ich erwähnte sie ohnehin alle Augenblicke, und auch er selbst sprach ständig von ihr.

Kurz vor Weihnachten schickten wir Lina ein Foto des Jungen auf den Molen, wo wir jeweils angelten. Bis es zustande kam, war es eine regelrechte Odyssee. Ich besaß keine Kamera und Pfarrer Ferran ebenso wenig. Zum Glück fanden wir einen Fotografen, der am Strand Touristen ablichtete, und der übernahm die Sache. Als ich das Bild sah, musste ich sogleich an dasjenige des kleinen Abdul neben den Überresten eines von der französischen Artillerie abgeschossenen Flugzeugs im Libanon denken. Dieselben staunend-betrübten Augen, dieselben zerzausten Kraushaare. Ich habe einen Abzug dieses Fotos behalten. Offenbar hat sich bei mir vieles geändert, denn wie Sie sich erinnern werden«, jetzt schaute er mich an,

»wollte ich das Bild von Abdul nicht behalten, das Sie mir einmal mitbrachten, weil mir, wie ich damals sagte, alles aus den Händen gerät. Jetzt denke ich, das von Hamil zu haben, ist so, wie auch das seines Vaters zu bewahren.«

Der Gaviero zog ein Foto aus der Tasche seiner Seemannsjacke und reichte es herum. Wir wussten nichts zu sagen. In diesem Moment war jedes Wort überflüssig. Wir gaben ihm das Bild zurück, und während er es wieder einsteckte, lag ein Zug von Resignation, aber auch liebevolle Sehnsucht in seinem Gesicht. Pfarrer Ferran brach mit seinem Opernbass das Schweigen: »Als wir erfuhren, dass die Mutter ihren Deutschlandaufenthalt verlängern musste, schlug ich dem Gaviero vor, den Jungen in einem Kindergarten anzumelden, den die Pfarrei mit Unterstützung einiger wohlhabender Pollensaer unterhält. Unser Freund hier war nicht sehr überzeugt von der Nützlichkeit dieses Schritts. Ich stellte eine gewisse Angst an ihm fest, Hamil könnte Aggressionen vonseiten der andern Kinder zu spüren bekommen, die in ihm einen Ausländer erblickten, und, was noch gefährlicher wäre, einen, der arabisch aussah. Ich gab aber nicht nach, und schließlich willigte Maqroll zähneknirschend ein, bat mich aber, dem Jungen diesen Entschluss nicht als etwas Definitives darzustellen, sondern als einen Versuch. Das taten wir, und anfänglich akzeptierte Hamil den Vorschlag, obwohl er immer wieder Maqroll anschaute, als wir ihm unseren Plan auseinander setzten. Am Ende fragte er ihn ein wenig beunruhigt, was denn er tun würde, während er im Kindergarten wäre. Der Gaviero stotterte irgendeine wirre Erklärung, die Hamil nicht sehr überzeugte. Am Anfang verlief alles ohne größere Komplikationen.«

»Aber eines Tages«, unterbrach ihn der Gaviero, »weigerte sich Hamil, in den Kindergarten zu gehen. ›Ich geh mit dir fischen‹, sagte er entschieden. Ich mochte oder konnte ihn nicht verdrießen, und so fuhren wir in die Mitte der Bucht hinaus. Das Boot hatte ein Zwischendeck, wo Hamil seine Angelutensilien und mehrere der magischen Gegenstände verwahrte, die ihm, wie er sagte, dazu dienten, die Seeräuber fernzuhalten und die großen Fische anzulocken, die wir eines Tages fangen würden. Während wir in dem klaren Wasser angelten, in dem es von Fischen wimmelte, die unsere Haken kaum zur Kenntnis nahmen, berichtete mir Hamil von seinen Erfahrungen im Kindergarten. Er wollte nicht dahin zurück, weil ihn seine Kameraden wegen seines Akzents hänselten und ihm mit ungemütlichen Fragen zusetzten, etwa, ob ich sein Vater oder sein Großvater sei, wo seine Mutter lebe, ob ich ebenfalls Araber sei und weitere derartige Unverschämtheiten, die ihn schrecklich durcheinander brachten. Da stellte ich fest, dass die Pollensaer die unterschiedlichsten Legenden gestrickt hatten über den Aufseher der Werft und über Hamils unerwartetes Erscheinen. Das Harmloseste war noch, es handle sich um einen ehemaligen Sträfling, der aus einem Gefängnis auf dem Festland geflohen sei, wo er eine Strafe wegen Mädchenhandels und undurchsichtiger Geschäfte mit den Anarchisten abzusitzen habe. Am meisten zum Lachen brachte mich aber eine andere Geschichte, die mir Hamil zutrug, natürlich mit starken Zweifeln an ihrer Wahrhaftigkeit. Es hieß, ich sei der rechtmäßige Erbe des Königs von Oman und verstecke mich in Mallorca, weil ich einen Bruder ermordet habe, den Liebling meines Vaters. Natürlich beruhigte ich Hamil sogleich über all diese Lügengeschichten, besonders die letzte, bei der es ihm aber, wie ich merkte, lieb gewesen wäre, wenn sie ein wenig gestimmt hätte, denn sie passte gut zu seinen Fantasien über Piraten und versteckte Schätze. Es war unmöglich, ihn zu überreden, in den Kindergarten zurückzugehen, aber gleichzeitig setzte er alles daran, mit meiner Hilfe lesen zu lernen, eine Aufgabe, für die mir nichts Weiteres zur Verfügung stand als eine eben erst erworbene Geduld. Von seinem Kindergartenaufenthalt her blieb dem Jungen das Bewusstsein, ein Ausländer und von irgendeinem Manko in seiner sozialen Stellung geprägt zu sein. Beides hinterließ eine schmerzhafte Spur in ihm, über die er nicht gern direkt sprach, auf die er aber oft anspielte und die ihn noch häufiger nach seinem Vater und dessen Familie fragen ließ. Er wollte genauere Einzelheiten von den Geschichten wissen, die ich ihm über unsere Abenteuer zu erzählen pflegte, und ich musste sehr vorsichtig sein, um die unzähligen Situationen zu umschiffen, in denen Abdul und ich am Rand des Gesetzes gelebt hatten. Wenn das nicht möglich war, beschloss ich, das Ganze zu entschärfen, sodass wir wenigstens nicht als ausgekochte Übeltäter dastanden. Mit den Jahren würde er dann selbst feststellen, wie relativ die Gesetze sind und wie missbräuchlich die Menschen sie anzuwenden verstehen. Durch meine Erzählungen wurde Abdul Bashurs Bild in Hamils Geist präsenter, und seine Person bekam zusehends ein eigenständigeres, ausgeprägteres Profil.«

»Das kann ich bezeugen«, bemerkte Pfarrer Ferran. »Es ist dem Gaviero gelungen, einen kleinen Maqroll heranzubilden, der wie ein Prahlhans und Besserwisser durch die Straßen von Pollensa und über die Strände der Bucht spazierte und selbst den einfältigen Touristen aus dem

Norden auffiel, die, wenn er vorbeistolzierte, aus der Betäubung erwachten, in der sie in der Sonne verharren.«

»Mein Eindruck ist eher«, fuhr Maqroll fort, der bei den Worten des Geistlichen gelächelt hatte, »dass sich Hamil dank meinen Bemühungen in seine Familie im Libanon einfügen konnte, da er schon eine eigenständige Persönlichkeit besaß. Aber die Berechnungen, die wir Erwachsenen im Namen der Kinder immer anstellen, gehen meistens nicht auf. Bei Hamil, glaube ich, war das anders. Mit ihm zusammenzuleben und mitzuverfolgen, wie er die Welt entdeckte, aus der Nähe die geheime, überwältigende Energie wahrzunehmen, die jedes Kind in sich hat und die es ihm erlaubt, sich seine Stellung unter den Erwachsenen zu erobern, das änderte allmählich meine Vorstellung vom Menschen. Ich bin immer davon überzeugt gewesen, dass von unseren Mitmenschen, zweifellos der schädlichsten, überflüssigsten Art des Planeten, sehr wenig zu erwarten ist. Das denke ich immer noch, und zwar jeden Tag mit größerer Überzeugung, aber statt dass es mich ärgert, verbittert und quält wie früher, empfinde ich jetzt etwas, was ich als nachsichtige Zuneigung definieren würde. Ich denke, als sie noch Kinder waren, war der ihnen bestimmte Weg ein ganz anderer als der, den sie dann als Erwachsene eingeschlagen haben. Diese Veränderung hat mir genügt, um mein Los anzunehmen und in Pollensa zu bleiben, am Rande der Gesellschaft und in aller Ruhe und ohne mich in neue Abenteuer stürzen zu wollen, die in der Vergangenheit aus meinem Leben eine wahnwitzige Abfolge von Schicksalsschlägen machten. Schluss mit den Sägewerken oben am Xurandó, keine weitere Fahrt mit einem Trunkenbold von Kapitän und einem hinterhältigen Indio. Nichts wird mich dazu bringen, noch einmal ein Bordell mit fiktiven Stewardessen zu eröffnen, weder in Panama noch sonst wo. Um keinen Preis werde ich mich noch einmal lebend in den verlassenen Minen der Anden begraben, um Gold zu suchen, das mir ja ebenfalls entglitten ist. Eine Verbindung zwischen der Offenbarung, die das Zusammenleben mit Hamil für mich bedeutet hat, und dem Verschwinden meiner Nomadensehnsucht lässt sich nicht leicht herstellen. Auf jeden Fall bin ich an dem Punkt angekommen, wo ich alles akzeptiere, ohne mich ins Bockshorn jagen zu lassen, allein durch das Beispiel dieses Jungen, der das dunkle Labyrinth betreten hat, in dem sich die Menschen bis zu ihrem Ende in einem knapp bemessenen Grabhügel aus grauer Asche bewegen und das wir gemeinhin Leben nennen – auch das eine beklagenswerte Vereinfachung. Ich weiß nicht, was aus Hamil werden wird. Wohl aber weiß ich, dass seine Gesellschaft während eines langen Jahres von heilender Kraft für mich war, die zwar nicht gerade einen andern Menschen, aber doch einen ergebenen Betrachter unseres Kampfs mit den Schatten aus mir gemacht hat, dessen einzige Würde darin besteht, das Kind am Leben zu erhalten, das wir einmal waren.«

»Ich glaube, das sind Sie immer gewesen«, bemerkte Pfarrer Ferran. »Aber Sie haben es nicht gewusst, und jetzt wissen Sie es. Dieses Kind, das in Ihnen lebendig geblieben ist, hat Hamil verstehen und lieben können, und das hat Sie gerettet.«

Maqroll erwiderte nichts auf die Worte des Pfarrers. Die Nacht war hereingebrochen, ohne dass wir es wahrgenommen hatten. Pfarrer Ferran lud uns ein, ihn zu sich nach Hause zu begleiten. Dort erwarte uns ein leichtes Abendessen, und der Gaviero hätte Gelegenheit, seinen

Bericht fortzusetzen. Wir nahmen mit Vergnügen an und verabschiedeten uns von Doña Mercè, die nicht dazu zu bringen war, etwas für das Mittagessen anzunehmen. Mit Worten einer längst aus der Mode gekommenen Höflichkeit gab sie uns zu verstehen, das sei eine Einladung zu Ehren des Gaviero und seiner Freunde.

Während wir durch die von spärlichen Laternen erleuchteten, aber in milchigem Vollmondglanz liegenden Straßen von Pollensa spazierten, hatte ich den Eindruck, der Pfarrer habe uns nicht nur eingeladen, um das Ende der Hamil-Geschichte zu hören, sondern auch, weil er sich darauf freute, uns seine Bibliothek zu zeigen. Er wusste um mein großes Interesse an diesen Themen und insbesondere an der Geschichte der Insel, und sicherlich rechnete er damit, mir die eine oder andere Überraschung zu bereiten. Wir gelangten zu der kleinen Kirche, die nach mehreren Restaurierungen ihren ursprünglichen Stil fast vollständig verloren hatte, den ich in der Spätromanik ansiedelte. Das Pfarrhaus war an die Kirche angebaut und unterschied sich in nichts von den Häusern unbestimmten Alters, die das bessere Viertel des Hafenorts bilden. Wir setzten uns in Pfarrer Ferrans Arbeitszimmer, einen großen Raum, dessen mit Büchern tapezierte Wände nur einen kleinen weißen Raum offen ließen, eine steinerne Nische mit einem wundervollen Elfenbeinkruzifix, das im 17. Jahrhundert auf den Philippinen geschnitzt worden sein musste. Eine schweigsame Wirtschafterin vorgerückten Alters mit ausgeprägt nordafrikanischen Zügen brachte uns auf einem Silbertablett eine Flasche Dessertwein und vier bunt verzierte Gläser. Pfarrer Ferran lud mich ein, mir die Regale seiner Bibliothek anzusehen. Tatsächlich hortete er da echte Schätze, fast alle der Geschichte des Königreichs

Mallorca gewidmet. Unter den vielen überraschenden Werken figurierten die katalanische Ausgabe der Chronik von Ramon Muntaner aus dem Jahr 1562, eine noch ältere des *Llibre dels Feits,* der Chronik des Königs Jaime I., und natürlich fehlte auch nicht das Gesamtwerk des großen französischen Byzantinisten Gustave Schlumberger aus dem 19. Jahrhundert, das in mir, ehrlich gesagt, den größten Neid weckte von all den vielen Juwelen, die Maqrolls geistlicher Freund in einem friedlichen Leben als Forscher und Seelenhirt zusammengetragen hatte, zwei Tätigkeiten, die, obwohl antithetisch, beide reichlich Gelegenheit bieten, die Abgründe des Herzens und die Irrgärten der Erinnerung zu erforschen. Ich gab dem Gastgeber gegenüber meinem Erstaunen über den Reichtum seiner Bibliothek Ausdruck, und er konnte ein breites Lächeln der Befriedigung nicht unterdrücken. Bei meinem Gang die Regale entlang hatte mich der Gaviero begleitet. Seinen Bemerkungen konnte ich entnehmen, dass ihm diese Bücher größtenteils vertraut waren und dass er die langen Mußestunden in seinem Amt als Aufseher der stillgelegten Werft mit Lektüre ausgefüllt hatte. Wir gingen zu unseren Sesseln zurück, und Pfarrer Ferran glänzte mit seinen Kenntnissen einer der entscheidendsten, dunkelsten Episoden der Geschichte des Mittelmeers. Seine originellen, einer umfassenden Bildung entsprungenen Gedanken enthüllten mir die verborgene Facette des Mannes, der sich als bescheidener Pfarrer eines mallorquinischen Hafenorts gab. Nachdem er seine gelehrten Abhandlungen beendet hatte, bedeutete er dem Gaviero mit einem Zeichen, dass jetzt er wieder an der Reihe sei.

»Hier«, begann Maqroll mit dunkel-monotoner Stimme, »habe ich viel von dem Vergessenswerten meines

Lebens vergessen können und Dinge erfahren und mir ins Gedächtnis gerufen, die mir geholfen haben, meine Einsamkeit auszufüllen, über die ich mich im Übrigen nicht beklage. Ich weiß nicht mehr, wie oft mein Freund und ich uns dank seiner wunderbaren Sammlung in Erinnerungen an die Gewalttaten derer aus dem Hause Anjou in Mallorca, in unerwarteten Einzelheiten aus dem Leben Roger de Laurias und in mancherlei Zweifel verstrickt haben, die man an den Taten Jaimes des Eroberers hegen kann. Als dann Hamil schon bei uns war, gab es viele Abende, an denen er in einem dieser Sessel einschlief, weil er nicht allein in meiner Bleibe verweilen mochte, sodass ich ihn weit nach Mitternacht jeweils auf dem Arm zurücktragen musste.«

Pfarrer Ferran lächelte wieder, während er mit offensichtlichem Wohlbehagen den Wein genoss. Der ist nie mein Lieblingswein gewesen, aber ich muss gestehen, dass er diesmal mehr als beachtliche Qualitäten offenbarte. Ich schaute Maqroll an, von dem ich wusste, dass er weit härtere, feurigere Getränke gewohnt war, und er antwortete mit anerkennender Miene, während er sich mit erhobenem Glas an meine Frau wandte. So stürzte er sich wieder mitten in seine Geschichte.

»Seit unserer Ankunft waren schon sechs Monate vergangen, und Hamil hatte sich voll und ganz in unser Leben eingefügt. Dieses verlief ohne alle Absicht nach einer mehr oder minder unveränderlichen Routine. Auf das Frühstück und einen Sprung ins Meer, der den Schlaf verscheuchen sollte, folgte eine Lektion Lesen und Schreiben nach einem von mir nach bestem, aber unerfahrenem Wissen und Gewissen erfundenen System. Dann hinaus mit dem Boot zum Fischen oder ins Dorf, um einige unerlässliche Einkäufe zu tätigen und auf dem Postamt vorbeizugehen. Zurück in unser Quartier, Zubereitung des Mittagessens, an der er sich unbedingt beteiligen wollte, indem er den Tisch deckte und meine frugalen, eintönigen Rezepte testete. Laut vorgetragene Lektüre der Abenteuer von Tirant lo Blanc oder eines Kapitels aus *Don Quijote,* einem Buch, das ihm unbeschreibliches Vergnügen bereitete. Wieder aufs Boot, um ihm einige nautische Grundregeln beizubringen. Er hatte bereits gelernt, unter enormem Einsatz seiner kurzen Ärmchen das Steuer zu bedienen, was ihm großen Spaß machte. In schwierigen Situationen kam ich ihm zu Hilfe, aber so, dass er sich weiterhin als wichtigen Teil des Manövers fühlen konnte. Wenn es Abend wurde, gingen wir entweder eine Weile zu Pfarrer Ferran oder zogen uns in mein Zimmer zurück, um das Abendessen zuzubereiten und die Lektüre wieder aufzunehmen. Hamil war kein besonders gesprächiger Junge. Er konnte lange in Schweigen verharren und spann dann zweifellos seine Fantasien, die alle mit dem Meer zu tun hatten und sich von den Büchern, die ich ihm vorlas, und meinen Geschichten nährten, welche ich, wie schon gesagt, immer unter Auslassung der Teile erzählte, die er vorderhand besser noch nicht erfuhr. Er erkundigte sich zwar weiterhin nach seiner Mutter und wartete sehnsüchtig auf ihre Briefe, aber er entfernte sich mehr und mehr von dem Bereich, in dem er früher gelebt hatte, um sich in absoluter Vertrautheit unserem Leben in Pollensa anzupassen. Aber trotz seiner langen Phasen des Schweigens war er immer guter Laune und behielt einen spöttisch-heiteren Ton bei, wenn er sich meine Bemerkungen und Geschichten anhörte und darauf einging, und darin erinnerte er mich einmal mehr an seinen Vater. Wie Abdul war er stets offen, um alles kennen zu lernen, alles mit größter Begeisterung auszuprobieren. Oft brachten mich seine Antworten oder Bemerkungen so zum Lachen, wie ich es seit langer Zeit nicht mehr getan zu haben mich erinnerte.

Aber eines Tages erwachte Hamil mit mutlosem Gesichtsausdruck. Er klagte über Müdigkeit und Schmerzen in den Beinen. Als ich seine Stirn berührte, spürte ich, dass er vor Fieber glühte. Ich zog mich eilends an und ging zu Pfarrer Ferran, um einen Arzt zu rufen. Mich selbst hatten Krankheiten immer an den unwirtlichsten Orten heimgesucht, und so versuchte ich mich jeweils mit Tränken zu heilen, die mir Leute verschrieben, welche keine Ahnung hatten, dass es überhaupt eine Medizin gibt. In Pollensa habe ich nie zu einem Arzt gehen müssen, und so wusste ich nicht, an wen ich mich zu wenden hatte. Pfarrer Ferran brachte mich zu einem Bekannten, einem pensionierten Arzt, der seit vielen Jahren nicht mehr praktizierte. Mit ihm gingen wir zur Werft, und nach einer ausführlichen Untersuchung diagnostizierte er ein bösartiges Fieber. Der Terminus erschien Pfarrer Ferran und mir ein wenig unpräzis, sodass wir uns noch mehr Sorgen machten als zuvor. Hamil hatte zu delirieren begonnen und rief zwischen stockendem Gemurmel auf Arabisch nach seiner Mutter. Der Arzt bedeutete uns, mit ihm hinauszugehen, und im Eingang des abgetakelten Gebäudes sagte er, wir brächten den Jungen besser in die Klinik von Pollensa, damit man einige Labortests durchführen könne, um den Ursprung des Fiebers festzustellen. Es bestehe die Gefahr einer Hirnhautentzündung mit den bekannten Folgen. In der Klinik kenne man den Pfarrer, da er dort gelegentlich

Kranken in der Todesstunde die Sterbesakramente verabreiche. Wir verabschiedeten uns vom Arzt und holten den Taxifahrerneffen, der uns mit Hamil nach Pollensa in die Klinik fuhr, wo wir auf die Testergebnisse warteten. Eine unkontrollierbare Angst ergriff immer stärker von mir Besitz. Pfarrer Ferran versuchte vergeblich, mich zu beruhigen, und mit den Stunden wuchs meine Panik noch. So etwas hatte ich noch nie erlebt. Natürlich war der Verlust von engen Freunden und geliebten Frauen jedes Mal eine schwierige Prüfung für mich gewesen. Aber in solchen Fällen war, in irgendeinem Winkel meines Wesens verborgen, immer ein heiler Bereich geblieben, von dem mir Kräfte zuflossen, um weiterzuleben. Jetzt war es, als ob ein innerer Mechanismus außer Kontrolle geraten wäre und mich daran hinderte, zu überlegen und der Panik Herr zu werden. Als der Leiter der Klinik und seine Assistentin, eine Ärztin mit grau meliertem Haar und liebenswürdigem Lächeln, auf uns zukamen, nachdem sie eine Weile in Hamils Zimmer verweilt hatten, hätte ich mich am liebsten an irgendwelche übernatürliche Kräfte, irgendwelche gnädigen Götter gewandt und sie angefleht, den Jungen am Leben zu erhalten. Vielleicht erhörten sie mich, denn die Nachrichten waren ermutigend. Die Krise war überstanden, die Hirnhaut war nicht betroffen. Es handelte sich um eine glücklicherweise kontrollierbare Niereninfektion in frühem Stadium. Das Röntgenbild hatte ein Divertikel in den ableitenden Harnwegen gezeigt, in dem sich der Urin ansammelte, was die Infektion und damit das Fieber erzeugte. Eine Antibiotikabehandlung während eines Monats würde diese Symptome beseitigen. Zu operieren war jetzt noch nicht der Moment, aber später, wenn der Junge zehn oder zwölf wurde, wäre es angezeigt. Mein verängstigtes Gesicht musste Mitleid erregend aussehen, denn die Ärztin legte mir die Hand auf die Schulter und tröstete mich in singendem Mallorquinisch. Auch sie sei Großmutter, und sie verstehe meine Panik, aber ich brauche mich nicht zu beunruhigen; es sei verständlich, dass wir Großeltern verletzlicher seien, doch in diesem Fall bestehe kein Grund zur Angst. Ich konnte der guten Frau nicht erklären, welcher Art meine Beziehung zu Hamil war, und auch Pfarrer Ferran mochte ihren Irrtum nicht korrigieren. Ich glaube, sowohl er wie ich fühlten uns eher als Großväter denn als die nur vorübergehend für den Knaben Verantwortlichen.

Wir traten ins Zimmer, und Hamil schaute uns mit seinen großen Augen und einem schelmischen Lächeln an, das mich mit Freude erfüllte.

›Es geht mir schon wieder gut‹, sagte er. ›Das haben mir die Doktoren gesagt. Sie haben auf Mallorquinisch mit mir gesprochen, aber ich verstehe es schon. Sie geben mir Spritzen, und dann werden wir bald wieder fischen gehen.‹

Das hatte er auf Arabisch gesagt, dann wandte er sich an Pfarrer Ferran und wiederholte es spanisch, mit dem Zusatz, er wolle gut Mallorquinisch lernen. Der Pfarrer sagte, das habe alles noch viel Zeit. Jetzt müsse er sich schonen, damit er wieder ganz gesund werde. Dann ging er, um seinen seelsorgerischen Pflichten nachzukommen, und ich blieb am Fußende des Bettes auf einem Stuhl sitzen, der bei jeder Bewegung gefährlich knarrte, was Hamil zu unbändigem Lachen brachte. Als es dunkel wurde, erschien die Ärztin, die mir, als sie mich in lebhaftem Gespräch mit dem Kranken sah, ein Zeichen machte, ich solle draußen auf sie warten, während sie ihm die zweite

Antibiotikaspritze gab. Als sie wieder herauskam, sagte sie, es sei besser, den Jungen jetzt in Ruhe zu lassen, damit er so viel wie möglich schlafen könne. Ich dürfe gehen und vollkommen ruhig sein. Am folgenden Morgen werde ich Hamil ganz bestimmt fieberfrei und auf dem Weg der Besserung vorfinden. Als ich hineinschaute, um mich von ihm zu verabschieden, schlief er ruhig.

Am nächsten Tag war ich schon früh am Morgen wieder in der Klinik. Ich hatte eine Hundenacht verbracht, und unser winziger Raum erschien mir unerträglich trostlos. Wie die Ärztin vorhergesagt hatte, war das Fieber verschwunden, und Hamil schlief noch immer beneidenswert ruhig. Ich setzte mich in einen kleinen Warteraum im Erdgeschoss neben dem Eingang. Dort verharrte ich mehrere Stunden, heimgesucht von den Bildern, die der Ort in mir wachrief und die alle mit der Unfallstation des unheimlichen Dr. Pascot zu tun hatten. Gegen Mittag teilte mir eine Krankenschwester mit, ich könne hinaufgehen zu meinem Enkel. Ich beließ sie alle in ihrem Irrtum – es schien mir unnütz, sie über die wahren Umstände aufzuklären. Ich traf Hamil dabei an, wie er sich eine Illustrierte aus der Zeit des Zweiten Weltkriegs anschaute. Als ich zu ihm trat und ihn auf die Stirn küsste, bemerkte ich, dass sie kühl und ohne eine Spur von Fieber war. ›Die Flugzeuge sind nicht mehr so‹, sagte er verwirrt und zeigte mir eine Staffel Stukas mit dem Hakenkreuz auf dem Rumpf. Ich erklärte ihm, mittlerweile hätten die Turbinen die Propeller ersetzt. Sogleich unterzog er mich einer ausführlichen Befragung über den Unterschied zwischen Turbinen und Propellern. Meine Erklärungen überzeugten ihn wenig – und noch weniger, als ich versuchte, ihm das Schema einer Turbine zu zeichnen. Das vervollständigte seine Skepsis gegen meine aeronautischen Kenntnisse. Als ihm das Mittagessen gebracht wurde, ging ich in einem kleinen Café in der Nähe ebenfalls etwas essen. Bei meiner Rückkehr erwartete mich die Ärztin in der Eingangshalle und sagte, ich könne Hamil noch am selben Nachmittag nach Hause mitnehmen, nachdem man ihm die Spritze gegeben hätte. Beim Austritt werde man mir das Rezept für die verschriebenen Medikamente geben, die der Junge während weiterer vier Wochen einnehmen müsse, und acht Tage lang habe er noch das Bett zu hüten oder dürfe zumindest nicht ins Freie noch irgendetwas Ermüdendes unternehmen. Als die angegebene Stunde kam, zog sich Hamil an, und ich nahm ihn auf den Arm, um ihn zur Werft zu tragen. Das passte ihm nicht, und er versuchte, selbst zu gehen, aber die Ärztin erklärte ihm, im Moment dürfe er das noch nicht. Als ich die Rechnung verlangte, sagte man mir, Pfarrer Ferran habe sie bereits beglichen.«

»Mit dem, was unser Freund in der Werft verdient«, warf der Geistliche ein, um die Sache herunterzuspielen, »kann er nicht einmal die erste Spritze zahlen, die man Hamil gegeben hat. Ich vermute, die Reise nach Port-Vendres hat seine ganzen mageren Ersparnisse aufgezehrt.«

Maqroll lächelte, während er nachsichtig nickte und dann fortfuhr:

»Hamils Genesung war lang, und zweimal machte sie mich noch etwas nervös. Nach wenigen Tagen vermochte ihn kein Argument und keine Autorität mehr davon zu überzeugen, nicht zum Angeln zu gehen, und er war eine ganze Weile niedergeschlagen und düster. Einmal klagte er auch über Schmerzen in der Nierengegend und Kopfweh.

Ich konsultierte die Ärztin, und sie sagte, ich solle dem keine Bedeutung beimessen, das seien natürliche Folgeerscheinungen nach überstandener Krise. Oft löste mich Pfarrer Ferran bei der Krankenpflege ab und erzählte Hamil Geschichten aus der Bibel und den Evangelien. Diesen flüchtigen Lektionen in biblischer Geschichte gegenüber zeigte sich unser junger Mann eher gleichgültig.«

»Ich muss klarstellen, dass es nicht ganz so war, mein lieber Maqroll«, sagte der Pfarrer. »Ich hatte bereits bemerkt, dass Hamil, sicherlich durch Vermittlung seiner Mutter, einige Grundprinzipien des Korans vermittelt bekommen hatte, die bei dem Jungen auf einen günstigeren Nährboden fielen als irgendeine andere Lehre. Da dachte ich, einstweilen sei Hamil besser ein guter Moslem als ein lauwarmer Christ. Daher habe ich nicht groß insistiert. Was ihn jedoch fast hypnotisch faszinierte, waren die Geschichten rund um die Kreuzzüge. Der Tod Ludwigs des Heiligen, des Königs von Frankreich, vor Tunis trieb ihm die Tränen in die Augen. Ebenso sehr begeisterten ihn übrigens die Heldentaten Saladins.«

»Als ich mit den Episoden der Kreuzzüge fortfahren wollte«, bemerkte Maqroll, »sagte Hamil zu mir: ›Du erzählst sie nicht so gut wie Pfarrer Ferran. Bei ihm hat man das Gefühl, er ist dabei gewesen.‹ Ich nickte, ein wenig verletzt in meinem Erzählerstolz, aber zugleich glücklich, als ich sein Interesse an einer Epoche sah, die mich so anzieht.«

Die von seinen Beschützern und Freunden heraufbeschworene Erinnerung an Hamil war so intensiv geworden, dass wir den Eindruck hatten, jeden Augenblick erscheine Abduls Sohn vor uns, umgeben von einem

Heiligenschein aus dem flüchtigen Leuchten des Wassers in der Bucht. Maqroll brach das Schweigen mit seiner tiefen Stimme, in die sich manchmal ein gewisser Schauer von Sehnsucht und Schmerz mischte.

»Einmal im Morgengrauen, als ich über Hamils Schlaf wachte, der so ruhig war, dass ganz klar zu spüren war, wie er wieder zu Kräften kam, zeigte sich mir plötzlich eine unmöglich in Worten auszudrückende Gewissheit. Die Vorstellung, mich irgendwann von ihm trennen zu müssen, erschien mir als eine unfassbare Wahrscheinlichkeit. Noch nie hatte jemand so tief und endgültig zu meinem Leben gehört wie dieses Kind, das sich in der Welt einen Weg bahnte mit dem Blick seiner großen, wachen Augen voller Anmut und mit einer ans Verblüffende grenzenden Intuition des Lebens und seiner Windungen. Zugleich wurde in meinem Innern wieder eine Stimme laut, die mir sagte, Hamils Bestimmung sei an der Seite Linas und bei der Familie seines Vaters, sehr bald werde seine Mutter kommen, um ein Gesetz zu befolgen, das älter war als die vergänglichen Schritte des Menschen auf Erden. Ich dachte neidvoll an das Privileg der schönen Warda Bashur, dem Aufwachsen und der Entwicklung ihres in so vielerlei Hinsicht ihrem Bruder Abdul ähnlichen Neffen beizuwohnen. Einen Augenblick lang lagen diese beiden Stimmen miteinander im Streit. Hamil würde mit Lina weggehen, so stand es seit ewig geschrieben. Ich nahm zu meiner alten Gewohnheit Zuflucht, mich in die Absichten der aus unerforschlicher Dunkelheit sprechenden Mächte zu schicken. Der Schmerz, der mir in die Brust hinaufgestiegen war und mich zu Füßen des Jungen gelähmt hatte, klang allmählich ab, verschwand dann ganz und ließ mich in einem Zustand resignierter Niedergeschlagenheit zurück, die mir inzwischen so vertraut ist, dass ich oft denke, sie sei mittlerweile mein Normalzustand. Ich wusste, dass später die Sehnsucht zurückkehren würde, um ihr gewohntes Werk zu verrichten, indem sie mich an ein Glück erinnerte, das nicht für mich bestimmt war. Davon weiß ich eine ganze Menge.

Eines Tages kam der mit Pfarrer Ferran befreundete Arzt, um Hamil zu untersuchen, und empfahl, er solle sein normales Leben wieder aufnehmen, eine Diät mit wenig Salz und viel Flüssigkeit halten und so viel an der Sonne sein, wie es möglich sei, ohne einen Schaden zu erleiden. Wir kehrten also zu unserem vorherigen Leben zurück mit seinen langen Anglertagen, der Erforschung der Steilküsten auf der Suche nach Strandgut und den Lektüreabenden, sei es in unserem Zimmer oder hier in der Bibliothek unseres Freundes Ferran. Hamil konnte bereits seinen Namen schreiben und einige Schlagzeilen in der Zeitung von Palma entziffern, die in die Pfarrgemeinde kam. Zugleich versuchte ich ihm ein paar Grundbegriffe der arabischen Schrift beizubringen, aber es fehlte uns an Übungstexten. So vergingen weitere Monate, und ganz allmählich, ohne dass es zur Sprache gekommen wäre, lag die Gewissheit in der Luft, dass Lina Hamil holen kommen würde. Der Ton ihrer Briefe war weniger pessimistisch, und einmal bat sie mich, Warda zu schreiben, sie werde sehr bald die Summe beisammenhaben, um in den Libanon fahren und dort relativ unabhängig leben zu können. Hamil hörte diese Nachrichten mit einer Mischung aus Sehnsucht, seine Mutter zu sehen, und Angst, sein gegenwärtiges Leben aufgeben und sich dem neuen im Land seines Vaters stellen zu müssen. Oft ertappte ich ihn dabei, wie er mich lange anschaute, während er die Angelrute zwischen die Knie nahm. Ganz offensichtlich erwartete er, dass ich etwas über die unmittelbare Zukunft sagte, die ihn beschäftigte. Eines Tages beschloss er, darüber zu sprechen:

›Du wirst uns im Libanon besuchen, nicht wahr? Das ist nicht sehr weit, und früher bist du oft hingefahren.‹

›Ja‹, sagte ich, ein wenig verwirrt über die unvermittelte Frage, ›diesen Weg kenne ich sehr gut, ich habe ihn oft in Gesellschaft deines Vaters zurückgelegt. Natürlich werde ich dich besuchen und deine Onkel und Tanten ebenfalls, für die ich eine große Zuneigung empfinde, vor allem für deine Tante Warda, sie ist ein Mensch, den ich sehr liebe.‹

›Und können wir dort auch zusammen fischen?‹

›Natürlich.‹ Ich versuchte, nicht zu zeigen, wie sehr seine Worte mich durcheinander brachten. ›Die Bucht ist sehr viel größer, und es gibt viele Schiffe und viel Bootsverkehr, aber ganz in der Nähe gibt es Orte wie diesen, wo wir problemlos fischen können. Bis dahin bist du zweifellos ein ausgepichter Seemann.‹

›Der einzige Mensch, der mir diese Dinge beibringen kann, bist du, Gaviero. Niemand kennt das Meer besser als du. Ich glaube nicht, dass mein Vater so viel wusste.‹ Das sagte er so ernst, als wollte er sich selbst davon überzeugen, dass er Recht hatte.

›Nein, Hamil‹, antwortete ich etwas gelassener, ›da irrst du dich. Niemand hat so viel vom Meer und von Schiffen gewusst wie dein Vater. Abdul konnte aus großer Entfernung die Tonnage eines Schiffs kalkulieren, und er hat sich fast nie geirrt, wenn er riet, wo es gebaut worden war. Er konnte sogar bloß nach dem Ton die Marke eines

Motors angeben. Und weißt du, was? Ich bin sicher, auch du hast einmal solche Fähigkeiten.‹

Er verharrte in Nachdenken, und auf seinem Gesicht lag ein Ausdruck von Zweifel und Verwirrung. Er konnte sich nicht vorstellen, wie er, fern von mir, zu solch seemännischem Geschick kommen sollte. Vom Libanon hatte er nur ein ungefähres Bild. Er sah ihn als Bergland und dachte, seine Familie wohne im Landesinnern zwischen verschneiten Gipfeln. Als ich von der libanesischen Küste und von Tripoli redete, das ich natürlich arabisch aussprach, Tarabulus, von Sidon und Tyrus, geschichtsträchtigen Hafenstädten mit jahrtausendealter Seefahrertradition, zeigte er sich ungewöhnlich überrascht, als hörte er zum ersten Mal von diesen Orten.

In den letzten Monaten seines Aufenthalts in Pollensa trieb Hamil seine Bemühungen um mich auf die Spitze. Er wusste nicht, wie er seine Anhänglichkeit ausdrücken sollte, und konnte den Wunsch, seine Mutter zu sehen, und die Neugier auf das, was ihn erwartete, nicht mit der Zuneigung für mich und unser gemeinsames Leben in Einklang bringen. Irgendwie fühlte er sich schuldig, weil er mich verließ, und wusste nicht, wie er es mir zeigen sollte. Daher seine Aufmerksamkeit und sein Eifer bei allem, was mit mir zu tun hatte.«

Vor einem großen Fenster im Arbeitszimmer des Pfarrers entfaltete der Nachthimmel Mallorcas dieses schwache weißliche Glühen, das dort den Nächten etwas Undefinierbares gibt. Wenn es nicht allzu schulmeisterlich wäre, könnte man von hellenischem Zauber sprechen. Diese Nächte sind von einer ruhigen Gelassenheit, durch die unversehens ein ahnungsvolles Zittern läuft,

Ankündigung einer Offenbarung, die nie eintrifft. Es ist, als ob die Zeit zwar nicht gerade stillstünde, aber die Geschwindigkeit ihres Laufs geändert hätte und uns einen von der Ewigkeit abgezweigten Moment schenken würde. Etwas in der Art sagte ich nun, und wir schauten alle in die Nacht hinaus, die uns durch das weit offene Fenster eine leichte Brise mit dem Duft von Jod und ruhenden Meeresabgründen schickte. Wir brauchten alle diese wohltuende Pause, bevor die Geschichte Hamils weiterging, deren Fortsetzung den Gaviero ganz offensichtlich eine schmerzliche Anstrengung kostete. Als hätte sie es erraten, erschien Pfarrer Ferrans Haushälterin mit einem Tablett mit ›*Pa amb tomàquet*‹ – Brot mit Tomate bestrichen – und einem denkwürdig aussehenden Schinken.

»Diese Herrlichkeit«, bemerkte Maqroll, »verdient einen feierlicheren Wein als den, den wir da trinken, Pfarrer Ferran.«

Der Pfarrer gab der Haushälterin ein Zeichen, und kurz darauf kam sie mit einer Flasche ohne Etikett und einigen bäuerlichen Keramikbechern zurück. Der Pfarrer lächelte zufrieden und schenkte uns kommentarlos aus der Flasche einen dunkelvioletten, nach frisch gepflügter Erde schmeckenden Wein ein. Ich musste seine großartige Rustikalität loben, und er sagte nur: »Das ist ein Produkt des bescheidenen Weinguts, das ich am Fuß der Axartel-Berge habe. Ich behalte ihn für mich selbst und zur Freude von Leuten, die sich diesem Kreuzfahrergetränk nähern können, ohne dass ihr Gaumen protestiert.«

Unser Gastgeber hatte Recht. Dank des Tomatenbrots, des Öls und des köstlichen Schinkens, womit wir ihn begleiteten, konnte der robuste Wein, der uns tatsächlich in die Zeiten des Königreichs Mallorca zurückversetzte, mit

Anstand durch die Kehle hinunterfließen. Bedächtig verzehrten wir den Imbiss, bis der Gaviero seine Geschichte wieder aufnahm.

»Der Brief, in dem Lina ihr Kommen ankündigte, traf drei Monate nach Hamils Genesung ein. Sie teilte uns mit, sie habe einen großen Teil ihrer Ersparnisse auf eine Beiruter Bank überwiesen und komme direkt von Bremen aus mit einem Frachter nach Palma. Die Reise werde zwei Wochen dauern, da vorgesehen sei, verschiedene Zwischenhäfen anzulaufen. Im ersten Augenblick war Hamils Begeisterung beträchtlich. Aber als ich begann, einige Sachen von mir auf einen verwahrlosten Dachboden am andern Ende des Gebäudes hinaufzutragen, und dort eine Hängematte, die ich immer bei mir habe, installierte, um Hamil und Lina den Raum zu überlassen, in dem ich mit ihm gewohnt hatte, zeigte er eine schwermütige Bestürzung, die ich nach Kräften zu lindern versuchte. Ich war ja ebenfalls ziemlich durcheinander, und die bevorstehende Trennung von dem Menschen, der während eines langen Jahres mein Kamerad gewesen war, stürzte mich in eine immer größere Verwirrung. Unsere Gespräche über das Meer, die Schiffe und die vergangenen Heldentaten zur See wurden noch zahlreicher und intensiver. Es war, als wollte Hamil so viele Erinnerungen wie möglich horten, in denen ich gegenwärtig war.

Der Junge hatte erstaunlich viel gelernt. Ich musste ihm erneut erzählen, wie man nachts in Port Swettenham anlegt und wie man von dort auf dem Landweg nach Kuala Lumpur gelangt, wie die Gezeiten in Saint-Malo aussehen, welche Angaben ein Walfischfänger den Hafenbehörden in Bergen machen muss, mit wie viel Knoten

Geschwindigkeit man in die Bucht von Wigtown einfahren und gegenüber Withorn ankern darf, um Alastair Reid zu begrüßen, welche drei Worte man aussprechen muss, damit in Harelbeke die Schleuse aufgeht, welche Vögel am längsten in den Masten eines Segelschiffs oder auf den Antennen eines Frachters ausharren, wie der Seemann hieß, der Kapitän Cooks leblosen Körper aufs Schiff brachte, an welchen Tagen und unter welchen Umständen man an Bord keine Messe lesen sollte, welche Firma die stärksten Dieselmotoren herstellt, wie oft die Glocke zu läuten hat, wenn man eine Leiche ins Meer wirft, welche Waffen ein Hochseeschifffahrtskapitän bei sich haben und unter welchen Bedingungen er seine Familie mitnehmen darf, welche Maßnahmen vor dem Öffnen der Schottentüren zu ergreifen sind, wenn der Laderaum in Flammen steht, wie sicher die Schifffahrt auf dem Mississippi ist, welche drei Heiligen Seeleute waren, welches Schiff in der Schlacht von Tsushima als Erstes unterging, welche Könige auch Seefahrer waren, welche Zeichen mit einem Messer in den Mast der *Marie Galante* geritzt wurden und was für Interpretationen man von ihnen wagte, wer die Strafen an Bord ausspricht, der Kapitän oder der Bootsmann, ob ein linkshändiger Maschinist wirklich Unglück bringt, wie viele Knoten ein Schiffsjunge der belgischen Handelsmarine beherrschen muss, welche Musik an Bord gespielt werden darf und welche nicht, welche Sprache in Feuerland vor allem gesprochen wird, wie Pollensa im Mittelalter hieß, ob Abdul Bashur einmal Seemann oder immer nur Reeder und Eigentümer von Trampschiffen war, ob ich einmal das Kommando über ein Schiff hatte, welches die älteste Fahne ist, unter der heute zur See gefahren wird, wie lange im Sommer die Fahrt von Kamenskoje zur

Sewardhalbinsel in Alaska dauert, ob sich die Wale tatsächlich in einer Sprache verständigen, die komplizierter ist als Arabisch, wer reicher ist, der Besitzer eines Frachters oder der einer normalen Fähre. Aber die Beschreibung, die am meisten Einzelheiten erforderte, war natürlich die der Fahrt ums Kap Hoorn durch das verworrene Insellabyrinth, die Hamil faszinierte. Die Schilderungen von Valparaíso, Amsterdam, Antwerpen, Cartagena de Indias und Portsmouth musste ich tausendundeinmal wiederholen, und er wurde es nie müde, sie sich anzuhören, und weh mir, wenn ich ein zuvor erwähntes Detail vergaß. Die Besessenheit, sich meine Reisen bis ins Detail einzuprägen, ging in den letzten Tagen so weit, dass er mitten in der Nacht erwachte und mich fragte, welchen Tiefgang die Schiffe hätten, die in New Orleans anlegen könnten, oder welche Papiere man benötige, um den Panamakanal zu durchfahren. Wenn ich zu einer Antwort ansetzte, war er schon wieder in tiefen Schlaf gesunken. Es war, als hätte er Bruchstücke meines Lebens und des Lebens seines Vaters geträumt. Am nächsten Morgen ging die Befragung schon beim Frühstück unerbittlich weiter.

Als wir das Telegramm von Lina erhielten, in dem sie uns aus Barcelona ihr Kommen ankündigte, hüllte sich Hamil in vollkommenes Schweigen. Am Tag vor der Abfahrt nach Palma, wo wir sie abholen wollten, musste ich ins Dorf, um die Fahrkarten für den Bus zu kaufen und etwas Abstand zu gewinnen. Bei meiner Rückkehr erwartete mich eine unglaubliche Überraschung – sämtliche von Hamil mit so viel Liebe zusammengetragenen Gegenstände waren verschwunden. Ich fragte ihn, wo sie seien, und er zuckte nur die Schultern und antwortete bockig:

›Sie liegen auf dem Meeresgrund, am Ende der Mole. Dort hätten sie immer bleiben sollen.‹

In dieser Antwort war sein Vater enthalten, wie er leibte und lebte, mit der uralten Scham der Wüstensöhne, eifrig darauf bedacht, ihre innersten Gefühle zu verbergen, aber bereit, mit viel Trara diejenigen zu äußern, die sie kaum berühren. Ich wusste nichts zu sagen, und meine Verwirrung verstärkte noch seine Unnahbarkeit. Am nächsten Tag brachen wir nach Palma auf, wo wir sogleich zum Hafen gingen. Im Warteraum stand Lina und schaute uns mit Tränen in den Augen entgegen. Hamil lief zu ihr, um sie zu umarmen, und sie hob ihn hoch und drückte ihn wortlos an die Brust. Die Szene schnürte mir die Kehle zu. Als Lina Hamil wieder auf dem Boden absetzte, trat ich zu ihr und begrüßte sie. Sie umarmte mich und brachte endlich einen Satz heraus:

›Wie er sich verändert hat. Er ist ein richtiger Mann geworden.‹ Das wiederholte sie einige Male, ohne aus dem Staunen herauszukommen.

Ich nahm Linas beide Koffer, und wir kamen eben rechtzeitig zur Haltestelle, um den Bus nach Pollensa zu nehmen. Pfarrer Ferrans Taxi war nicht verfügbar. Lina sah müde aus, das Bremer Leben hatte in ihrem Gesicht seine Spuren hinterlassen. Sie war noch schlanker geworden, und man konnte sich leicht die faszinierende Tänzerin vorstellen, die sie einmal gewesen sein musste. Ich machte eine diesbezügliche Bemerkung, und sie lächelte erfreut. Auf der Fahrt bestürmte Hamil sie fast bis zur Betäubung mit der Beschreibung dessen, was er erlebt und gelernt hatte und was er über mein Leben und meine Abenteuer wusste. Als wir in Pollensa ankamen, war er in den Armen seiner Mutter eingeschlafen. In Pollensa erwartete uns Pfarrer Ferran und begleitete uns zur Werft. Lina stieg mit Hamil auf dem Arm die Treppen hinauf und bettete ihn auf sein Lager. Wir verabschiedeten uns und wussten nicht recht, was wir uns sagen sollten, denn als sie den Blick durch unser Zimmer schweifen ließ, war sie abermals zu Tränen gerührt.

Am nächsten Morgen kam Hamil zu mir auf den Dachboden herauf und legte sich neben mich in die Hängematte. Er sagte, seine Mutter schlafe noch und scheine in nächster Zeit auch nicht erwachen zu wollen. Ich fragte ihn, ob er glücklich sei, und er bejahte, aber mit leichtem Zögern. Er schaute mich einen Augenblick fest an und sagte dann:

›Als ich aufwachte, habe ich daran gedacht, dass du ganz allein sein wirst, wenn wir gehen, und dass du mir sehr fehlen wirst. Aber da ist mir etwas eingefallen: Warum heiratest du nicht meine Mama, und wir wohnen alle zusammen, hier oder im Libanon?‹

Die Idee stammte natürlich nicht von ihm. Sicher war er darauf gekommen, als er ein Gespräch hier bei Pfarrer Ferran oder im ›Ancien Café Mogador‹ mitgehört hatte. Ich verwarf sogleich den Gedanken, unser Freund, der Pfarrer, hätte irgendeine Bemerkung in diesem Sinn machen können, denn er kennt mich sehr gut, und ich weiß um seine Vorsicht und Diskretion. Jedenfalls geriet ich in große Verlegenheit, als es um die Antwort ging. Ich dachte, ich nenne ihm besser ein für alle Mal ganz klar die Gründe, warum sein Vorschlag nicht zu verwirklichen war. Ich erklärte ihm, erstens habe seine Mutter andere Absichten, da sie in der Nähe der Bashurs leben wolle, wenn auch unabhängig von ihnen. Dann erinnerte ich ihn daran, wie oft wir meine Reisen und Erlebnisse auf den fünf Kontinenten und den sechzehn Meeren rekapituliert und davon gesprochen hätten, dass ich einfach nie lange Zeit an einem festen Ort bleiben könne. Wenn ich jetzt in aller Ruhe in Pollensa sei, gebe es keine Gewähr dafür, dass das immer so bleibe. Ich würde wieder zu meiner Unrast zurückkehren, und das sei nicht das, was Lina für ihn und für sich selbst suche, da sie schon weit mehr als nötig in der Welt herumgereist sei. Das Einzige, was ich ihm versichern könne, sei, dass ich sehr bald in den Libanon komme, um sie zu besuchen. Meine Bande zu Abduls Familie seien immer noch sehr eng und herzlich. Unter den Plänen, die in meinem Kopf zu reifen begännen, stehe Beirut an erster Stelle. Als meine Erklärung zu Ende war, sah ich zwei dicke Tränen über seine Wangen kullern. Ich drückte ihn an mich, und wir schwiegen. Als wir in dem Zimmer, wo Lina schlief, Geräusche hörten, kletterte der Junge aus der Hängematte und sagte mit der Gelassenheit eines Erwachsenen, der sich in sein Los schickt:

›Ich weiß, dass mir niemand die Dinge erzählen wird, die du mir erzählst. Du bist mein bester Freund, und ich glaube nicht, dass wir uns wiedersehen werden.‹

Sie wissen ja, dass es keine Worte gibt, um zu beschreiben, was in einer solchen Situation in uns passiert. Es war der Abschied von Hamil. Der, der zwischen uns beiden zu geschehen hatte, ohne Zeugen noch Lebewohl in letzter Minute. Ich blieb in der Hängematte liegen, ließ mein Leben an mir vorüberziehen und kam zum Schluss, in diesem Moment gehe meine Wallfahrt durch die Welten Gottes zu Ende. Was noch kommen mochte, war unwichtig. Es wäre ein reines Durchhalten, also das, was meinem Stern am fernsten liegt.

Lina kam mit Hamil herauf und sah mich wortlos an. Sie hatte alles begriffen, wie es nur eine Frau begreifen kann, aus Instinkt und mit der großen weiblichen Herzensweisheit. In den Tagen, die sie in Pollensa verbrachte, konnte ich meinen ersten Eindruck von ihr bestätigen und vervollständigen. Sie gehörte zu dieser aussterbenden Gattung von Menschen, die in vollkommener Unabhängigkeit und stoischer Schlichtheit die Aufgaben und das Leid auf sich nehmen, die ihnen das Leben beschert, klaglos und ohne die andern damit belasten zu wollen. Es wäre albern, jetzt abzustreiten, dass mir in diesen Tagen oft durch den Kopf ging, Lina wäre eine dieser Frauen gewesen, die, wie Flor Estévez oder Ilona Grabowska, alle Voraussetzungen und Eigenschaften besaßen, um meine restlichen Tage mit mir zu teilen. Aber irgendwo muss mit unauslöschlichen Buchstaben geschrieben stehen, dass mir dieses ›Reich, das für mich bestimmt war‹, nicht gegeben würde.

Es erwartete mich noch eine weitere Überraschung. Lina teilte mir mit, der Kapitän des kleinen tunesischen Frachters, der sie von Palma über Alexandria und Zypern nach Beirut bringen sollte, sei Vincas Blekaitis, der unvergessene alte Freund von Abdul und mir, von dem ich seit Jahren jede Spur verloren hatte. Sie hatte ihn rein zufällig getroffen, als das Schiff, mit dem sie von Bremen gekommen war, in La Rochelle angelegt hatte. Vincas, der sie aus den Zeiten von Bizerte kannte, war von diesem Treffen so gerührt, dass er sie drängte, mit ihm zu kommen, da Palma zu seiner Route gehörte. Sie erklärte ihm, sie habe es eilig, ihren Sohn zu sehen, aber sie vereinbarten, dass sie in Palma sein Schiff nehmen würden, um mit ihm in den Libanon zu fahren. Tatsächlich erreichte uns nach wenigen Tagen die Ankündigung von Vincas' Ankunft in Palma. Am entsprechenden Tag fuhr uns Pfarrer Ferrans Taxi dorthin. Von der Steuerbordreling aus, wo er das Lademanöver überwachte, winkte uns Vincas mit hoch erhobenen Armen zu. Eilig stieg er das Fallreep herunter und kam auf uns zu und gab dabei Ausrufe in allen möglichen Sprachen von sich. Er hob Hamil hoch, hielt ihn in den Armen und schaute ihn erstaunt an:

›Unglaublich, was aus Chabduls Sohn geworden ist.‹ Der gute Vincas schaffte es nie, den Namen unseres beklagten Abdul richtig auszusprechen. ›Ein perfekter Schiffsjunge. Was hast du bei Maqroll gelernt? Na, sag schon.‹

›Vieles‹, antwortete Hamil, den der rötliche Bart des Litauers irritierte.

›Das bezweifle ich nicht. Auch ich habe vieles von ihm gelernt. Gehen wir zur Hafenbehörde, um deine Papiere in Ordnung zu bringen.‹

Das taten wir, und mit diesen Geschäften verbrachten wir den Tag bis zum Einbruch der Dunkelheit. Als alles bereit war, brachte uns Vincas zum Schiff, das um Mitternacht auslaufen sollte. Wir gingen auf die Kommandobrücke hinauf, wo Hamil sich ungläubig jedes Detail anschaute und erstaunt die Instrumente und Hebel berührte. Dann stiegen wir in die kleine Kajüte hinunter, die ihnen Vincas zugeteilt hatte. Hamil kletterte sogleich in die obere Koje und verkündete kategorisch:

›Da werde ich schlafen. Meine Mutter unten. So muss es doch sein, nicht wahr?‹ Und er schaute mich Zustimmung heischend an.

Ich sagte, es müsse tatsächlich so sein. Vincas bedeutete mir, mit ihm hinauszugehen, während Lina und der Junge ihre Siebensachen verstauten. Wir gingen an Deck, und Blekaitis sang ein warmes Loblied auf Sohn und Mutter. Ich erzählte ihm in wenigen Worten, wie es für mich gewesen war, mit Hamil in Pollensa zusammenzuleben, und in den beinahe farblosen Augen des Litauers zeigten sich das tiefe Mitgefühl, der gütige Charakter, von dem sowohl Abdul als auch ich so viele unvergessliche Beweise erfahren hatten. Ich sagte, ich wolle den Taxifahrer, einen Neffen meines Freundes, nicht bis Mitternacht warten lassen und müsse jetzt aufbrechen. Wir gingen in die Kajüte hinunter, damit ich mich von Lina und Hamil verabschieden konnte. Lina umarmte mich lange und ohne ein Wort zu sagen, und Hamil brach, in seiner Koje zusammengekauert, in Tränen aus. Ich mochte diesen Moment nicht in die Länge ziehen und ging wortlos hinaus. Vincas begleitete mich zum Auto. Dort drückte er mir freundschaftlich den Arm und stotterte irgendwelche unverständlichen Laute, während er mich fest anschaute. Dann ging er schnellen Schritts zum Schiff zurück, und ich hörte ihn in seiner Muttersprache sagen: ›So viele Gefühle, so viele Gefühle.‹ Er winkte zum Abschied, aber ohne sich noch einmal umzudrehen. Ich stieg ins Taxi, und wir fuhren direkt nach Pollensa.«

Wieder herrschte in der Bibliothek des Geistlichen Schweigen. Nach einer Weile schenkte der Gaviero uns noch einmal ein, und mit dieser Runde war die Flasche leer. Dann sagte er mit wieder fester Stimme: »Das war alles, was ich Ihnen erzählen wollte. Ich bin sicher, Sie wissen ganz genau, wie sehr es mich erleichtert hat, dass Sie mir zugehört haben. Als Alejandro Obregón Ihnen die Möglichkeit dieser Reise andeutete, hat er wie immer das gezeigt, was die Franzosen in früheren Zeiten ›*gentillesse du cœur*‹ genannt haben.«

Dann fuhr er, an mich gewandt, fort: »Sie, der Sie so viele Episoden meines Lebens erzählt haben, haben sicher nie gedacht, aus meinem Mund eine Geschichte zu vernehmen, wie Sie ihr zuzuhören soeben die Güte hatten. Ich weiß nicht, ob es sich lohnt, sie zu erzählen. Manchmal denke ich, sie gehört einfach zu dem, was ein von Ihnen sehr bewunderter Dichter ›die jedem menschlichen Los gemeinsamen Fälle‹ genannt hat. Ich weiß es nicht. Das müssen Sie selbst beurteilen. Was mir leidtut, ist, dass ich Ihnen einen ganzen Tag Ihres Besuchs in Pollensa weggenommen habe und dass Sie morgen nach Palma zurückkehren. Wir müssen uns noch einmal sehen. Immer sagen wir dasselbe, und immer sind uns die Götter gewogen.«

Er trank sein Glas aus und stand auf, um sich zu verabschieden. Er deutete meiner Frau einen Handkuss an, während er zu ihr sagte: »Gute Nacht, Señora, Ihnen ganz besonders herzlichen Dank für das Interesse, das Sie an diesem verirrten Gaviero gezeigt haben.«

Er gab Pfarrer Ferran und mir die Hand und wandte sich zur Tür. Wir begleiteten ihn auf die Straße hinaus und sahen ihn hinter der kleinen Anhöhe verschwinden, die die Werft verdeckte. Pfarrer Ferran ging mit uns bis zu unserem Hotel und sagte zum Abschied: »Morgen Vormittag werde ich Ihnen auf Wiedersehen sagen kommen. Sie können beruhigt gehen. Das Schlimmste ist für unseren Freund überstanden. Hamil gehört nun zu seinen Erinnerungen, die ihn, wie er sagt, bei der Aufgabe stützen, täglich zu leben. Gott sei mit Ihnen, und schlafen Sie gut.«

In unserem Zimmer machte ich zu meiner Frau eine Bemerkung über die Verlassenheit, in der der Gaviero lebte. Die Antwort war unwiderlegbar: »Aber er hat das doch selbst einmal ganz deutlich erklärt. Als er das Foto des kleinen Abdul nicht wollte, wo er vor den Trümmern eines verkohlten Flugzeugs steht, hat er gesagt, er könne es nicht behalten, weil ihm alles aus den Händen gerate. Auch die Menschen entgleiten ihm auf diese Art – entweder sterben sie, oder sie bleiben auf dem Weg zurück, während er rastlos weiterirrt. Er hat dieses Gespenst geschaffen. Woran er niemals gedacht hat, war, dass ihn an einer Ecke eine Prüfung wie die mit Hamil erwartet. Wir werden ja sehen, was er diesmal erfindet, um aus Pollensa zu verschwinden.«

Tatsächlich gab es auf diese Worte nicht viel zu erwidern. Unzweifelhaft war Hamil die Falle gewesen, die unseren Freund erwartet hatte, verborgen im Labyrinth seiner unendlichen Odyssee. Wie er selbst zu sagen pflegte: »Das Erbarmen der Götter, wenn es denn so etwas gibt, ist für uns unenträtselbar oder kommt erst mit dem letzten Atemzug des Lebens. Wir können nichts tun, um uns von ihrer willkürlichen Bevormundung zu befreien.«

Der kolumbianische Lyriker und Romancier Álvaro Mutis gehört zu den herausragendsten Schriftstellern Lateinamerikas. Er wurde 1923 in Bogotá geboren, verbrachte jedoch als Sohn eines Diplomaten einen Teil seiner Kindheit in Brüssel, wo er ein Jesuitenkolleg besuchte. Jedes Jahr reiste die Familie nach Kolumbien, um die Ferienwochen auf der Kaffeeplantage des Großvaters zuzubringen. Dazu Mutis: »Alles, was ich geschrieben habe, ist dazu bestimmt, diesen Winkel der *tierra caliente* zu feiern und zu verewigen. Der Stoff meiner Träume, meine Nostalgien, meine Ängste und meine Schätze entspringen diesem Ort. Es gibt keine Zeile in meinem Werk, die nicht versteckt oder explizit mit dieser grenzenlosen Welt – die für mich diese Ecke der Region Tolima in Kolumbien darstellt – verbunden ist.«

1956 ließ sich Mutis in Mexiko-Stadt nieder und arbeitete in den verschiedensten Berufen, meist in der Öffentlichkeitsarbeit für die Erdölindustrie und später auch für die Filmbranche. Sein erster Lyrikband war bereits 1948 in Bogotá erschienen: »Carlos Patiño und ich publizierten einen kleinen Band mit unseren Gedichten mit dem Titel *La Balanza* (Die Waage). Wir verteilten die Bände eigenhändig an unsere Buchhändlerfreunde am 8. April 1948. Am nächsten Tag war unsere Publikation aufgrund eines Feuers vergriffen. Am 9. kam es zum blutigen Massenaufstand, dem ›Bogotazo‹. Das Stadtzentrum wurde von wütenden Anhängern des Präsidentschaftskandidaten Jorge Eliécer Gaitán in Flammen gesetzt, nach dessen Ermordung in der Hauptstadt.«

Weitere Gedichtbände folgten, die meist um Mutis' erzählerisches Alter Ego kreisen, um Maqroll den Gaviero, diesen philosophischen Abenteurer und belesenen Seefahrer mit Zügen von Don Quijote. Erst viele Jahre später entwickelten sich aus den Prosapoemen die bekannten Romane um Maqroll.

Mutis' Werk wurde mit vielen internationalen Preisen ausgezeichnet, darunter 2001 mit dem angesehensten Literaturpreis der spanischsprachigen Welt, dem Premio Cervantes, sowie 2002 mit dem Neustadt-Literaturpreis.

Álvaro Mutis starb 2013 in Mexiko-Stadt.

»Álvaro Mutis erinnert uns – wie jeder große Autor – daran, dass es in den wirklich bedeutenden Abenteuergeschichten um mehr geht als um aufregende Ereignisse, nämlich um eine Haltung zur Welt, ja um die Dramatik eines ganzen Lebens. Die sieben Maqroll-Romane sind einzigartig, fesselnd und von völlig eigener Poesie. Und ihr Autor ist ein skeptischer Existentialist, der formvollendet mit jenem Zauber zu spielen weiß, der vom Erzählen ausgeht.« Eberhard Falcke, *Deutschlandfunk*

Der Schnee des Admirals
In den Wasserläufen des Amazonasbeckens verliert sich Maqroll zwischen Tagträumen und Delirium.

Ilona kommt mit dem Regen
Gemeinsam mit der abenteuerlustigen Ilona eröffnet Maqroll ein Bordell in der Bucht von Panama.

Ein schönes Sterben
Immer tiefer gerät Maqroll in ein Komplott, aus dem er sich kaum mehr zu befreien vermag.

Die letzte Fahrt des Tramp Steamer
Eine Liebe, die andauert, solange der Tramp Steamer über die Meere vagabundiert.

Das Gold von Amirbar
Fernab des Wassers schürft Maqroll in der Goldmine von Amirbar nach seinem Glück.

Abdul Bashur und die Schiffe seiner Träume
Den rastlosen Abdul Bashur treibt die Sehnsucht nach dem Schiff seiner Träume um die halbe Welt.

Triptychon von Wasser und Land
Der Gaviero springt als Vater für einen verunglückten Freund ein. Das Kind eröffnet ihm eine neue Welt.

NIKOS KAVVADIAS *Die Schiffswache*

Auf dem Chinesischen Meer, Ende der Vierzigerjahre, erzählen sich die Offiziere und Matrosen eines alten griechischen Frachtschiffs in langen Stunden des Wachens die Geschichten über das, was ihr Leben ausmacht: Träume, Abenteuer, Sehnsüchte. Einer der ehrlichsten und bewegendsten Schifffahrtsromane, die je geschrieben wurden.

IGNACIO ALDECOA *Gran Sol*

Zwei spanische Fischerboote machen sich auf den Weg zur Fischbank Gran Sol westlich von Irland. Die Männer an Bord zweifeln, streiten, trinken und träumen, hadern mit dem Verlust ihrer Heimat und der Sehnsucht nach ihren Frauen. Sie sind allein mit sich auf dem urgewaltigen Meer, das ihnen Ort ewiger Bewährung ist.

GUY DE MAUPASSANT *Auf See*

Maupassants zeitlose Texte über eine zehntägige Kreuzfahrt mit seiner Jacht von Antibes bis Saint Tropez sind gleichzeitig eine Reise durch Geist und Seele des Schriftstellers. Während das Schiff ihn Welle für Welle in die endlose Weite der Gedanken trägt, holen ihn die kurzen Landgänge in die Gegenwart und das Schicksal seiner Zeitgenossen zurück.

ALEXANDER GRIN *Purpursegel*

Wie eine fremdartige Blume wächst das Mädchen Assol an einer rauen Meeresküste unter Fischern auf. Eines Tages verkündet ihr ein Märchenerzähler: »Ein weißes Schiff unter riesigen, leuchtenden Purpursegeln wird die Wellen durchschneiden und geradewegs auf dich zukommen.« Seitdem wartet sie auf den Tag, der sie aus ihrem bescheidenen Leben erlöst.

Björn Larsson *Der Keltische Ring*

An einem stürmischen Abend hilft Segler Ulf dem Finnen Pekka beim Anlegen im Hafen. Daraufhin übergibt er ihm sein Logbuch, welches von einem mysteriösen Bund handelt: dem »Keltischen Ring«. Ulf beschließt, die Route des Skippers nachzusegeln. Der waghalsige Törn entlang der schottischen Küste wird bald zur Lebensgefahr.

Juri Rytchëu *Traum im Polarnebel*

Nach einem Unfall wird der Kanadier MacLennan auf einem Hundeschlitten durch die eisige Tundra, im äußersten sibirischen Norden, zu einer rettenden Schamanin gebracht. Bei der Rückkehr zur Küste ist sein Schiff längst in See gestochen. Er muss als einziger Weißer unter dem Volk der Tschuktschen überwintern. Aus einem Winter wird ein ganzes Leben.

Gisbert Haefs *Radscha*

Indien in der zweiten Hälfte des 18. Jahrhunderts: eine Zeit mächtiger Fürsten und großer Kriegsherren, Schauplatz dramatischer Kämpfe und ein Land für Abenteurer aus aller Herren Länder. Ein irischer Bauernsohn steigt auf zum Radscha – und lernt die gefährliche Seite der Macht kennen.

Percival Everett *God's Country*

Jock Marder, Spieler, Trinker und Betrüger, will seine Frau zurück und den Tod seines Hundes rächen. Dafür braucht er die Hilfe des Fährtenlesers Bubba. Marders Problem: Bubba ist schwarz. Das passt ihm gar nicht, aber er hat keine andere Wahl. So beginnt ein Westernabenteuer quer durch den amerikanischen Süden des 19. Jahrhunderts.